我转身，你成长

光其军◎著

中国出版集团　现代出版社

图书在版编目（CIP）数据

我转身，你成长 / 光其军著 . -- 北京 : 现代出版
社，2019.1
ISBN 978-7-5143-6746-1

Ⅰ . ①我… Ⅱ . ①光… Ⅲ . ①散文集—中国—当代
Ⅳ . ① I267

中国版本图书馆 CIP 数据核字（2018）第 000692 号

我转身，你成长

作　　者	光其军	
责任编辑	杨学庆	
出版发行	现代出版社	
通讯地址	北京市安定门外安华里 504 号	
邮政编码	100011	
电　　话	010-64267325　64245264（传真）	
网　　址	www.1980xd.com	
电子邮箱	xiandai@vip.sina.com	
印　　刷	三河市燕春印务有限公司	
开　　本	880mm×1230mm　1/32	
印　　张	8	
版　　次	2019 年 1 月第 1 版　2019 年 1 月第 1 次印刷	
书　　号	ISBN 978-7-5143-6746-1	
定　　价	39.80 元	

目　录

穿越隧道 …………………………………………… 1

看书的卖菜女人 …………………………………… 5

把人生泡进茶里 …………………………………… 7

热爱生活 …………………………………………… 10

信　心 ……………………………………………… 13

落叶和秋草 ………………………………………… 16

你好，爬山虎 ……………………………………… 19

鸟，落在冬天的湖 ………………………………… 22

鸟鸣的声音 ………………………………………… 27

为一朵花微笑 ……………………………………… 30

愿意成为一棵草 …………………………………… 34

有思想的芦苇 ……………………………………… 37

人在云之上 ………………………………………… 40

清水河的白杨 ……………………………………… 43

石莲洞的春天 ……………………………………… 46

人生如同过裂缝 …………………………………… 51

岩石上的树 ……………………………… 55

三义石 …………………………………… 58

树长在树上 ……………………………… 61

年　轮 …………………………………… 63

瀑布披风 ………………………………… 66

站在高高的大徽尖上 …………………… 70

遇见一棵银杏树 ………………………… 74

热爱生命的蝴蝶 ………………………… 77

两棵树的风景 …………………………… 80

楼顶一棵树 ……………………………… 84

雪落梅花 ………………………………… 87

我转身，你成长 ………………………… 90

烤饼人生 ………………………………… 94

敬畏这些古树 …………………………… 98

铁夹子和马蜂 …………………………… 102

海上的船笛 ……………………………… 106

沧桑烽火台 ……………………………… 109

在蓝孔雀园 ……………………………… 112

一河阳光 ………………………………… 115

这片竹子 ………………………………… 118

云缝里的阳光 …………………………… 121

叠翠之上是巨石 ………………………… 124

铁锚的守望 ……………………………… 128

沟谷的呈现 ……………………………… 132

窗前的棕榈树……………………………………………… 136

山上的羊群……………………………………………… 139

一棵树……………………………………………… 143

走廊里的荷花……………………………………………… 146

守望家园……………………………………………… 149

开小店的女人……………………………………………… 153

修车匠老胡……………………………………………… 157

卖肉的大老刘……………………………………………… 161

流泻的金黄……………………………………………… 165

巷口的修鞋匠……………………………………………… 170

一个人的牵牛花……………………………………………… 174

月季的风景……………………………………………… 178

落　叶……………………………………………… 181

山蚂蟥……………………………………………… 185

又至百丈崖……………………………………………… 189

苗尖的心跳……………………………………………… 194

荒草尖的春光下，我们是一匹匹的春茶……… 199

在杨头上……………………………………………… 204

湿地之春……………………………………………… 208

狗尾巴草……………………………………………… 213

吊兰的似水年华……………………………………………… 217

安静的铜钱草……………………………………………… 222

书带草……………………………………………… 226

水杉完成的初夏……………………………………………… 229

放飞，也是心中永远的痛 ·················· 233

垂　钓 ·················· 236

每天一万步 ·················· 240

贝壳和芦秆 ·················· 244

枯树之门 ·················· 247

穿越隧道

　　山横亘在面前，如一位守关的将士，威风凛凛，神圣不可侵犯。长长的铁轨，像一把锋利的铁矛，义无反顾地直入山腹。山只能任其穿越，那巨大的窟窿便成了列车畅通无阻的隧道。

　　只要乘列车旅行，隧道与人的相遇就在所难免。这次去西部，我乘坐的列车就穿越了无数的隧道。这些隧道密布在山中，连通着山的这边和那边，也让我能从容地从烟花三月细雨婆娑的长江岸边，抵达乍暖还寒的渭河岸边那座具有五千年历史、号称"中国历史博物馆"的古城西安。有了隧道，省却了时间，列车朝发夕至，距离也显得没有了实际意义。

　　列车如一条长龙在向前奔驰，窗外的原野飞速地向后退去。西部多山，不一会儿，山就迎面而来，列车分明已经进了山谷。突然，一大片的投影偷偷地爬上了车窗，似一个蒙面人阴冷的脸。列车融进了阴影之中，我也跟着融进。这是三月，西部的山，似乎还没有完全从冬天里醒来。那些裸露

的岩壁，还残留着前几日的积雪；许多的树，光秃着枝丫，依旧疏朗着天空；一条河是那样瘦弱，不多的流水泛着星星点点的光，只是流动声不失欢畅，大约是在等待一场春天的歌会；稀疏的空地，麦苗儿正青绿着，着实调节视觉。不算太蓝的天空，一只鸟在翱翔，动感着山谷。一切的一切，似一幅慢慢展开的山水画。

列车向前飞驰，画面也在变幻。一个角度一重天，一个方向一个景，我突然感到一种莫名的满足。虽然我不是画家，但这样的画面被阅读就足以令我愉悦。都是自然的，无须人工雕琢，也不必浓墨重彩，简简单单真好。

可是，画面总有被破坏的遗憾，那无边的黑一下子将画面涂抹，同时，也将我猛地推进了黑暗的深渊。山谷，没了；山，没了。只有车厢的灯光愈加亮堂起来，原来列车正在穿越隧道。

这是现实中的穿越，那么人生呢？其实，人生本来就是一场旅行，尘世里有着许多有形和无形的隧道，都要人不断地去穿越。人的生命之初，从母体到出世，就是在穿越生命的隧道。生命的穿越是一种伟大，而这伟大是建立在母体痛苦之上的。伴随着新生命的一声啼哭，这样的痛苦也就成了喜悦。所以，人从来到人间的第一刻开始，就意味着一生要穿越无数的有形或者无形的隧道。有形的隧道，只是暂时性的黑暗，穿越了黑暗，就是光明；无形的隧道，生活中无处不在，而且隐藏得也够深，这就要求我们不要畏惧，不要胆怯，要理直气壮地穿越。阳光总在风雨后，只有穿越，才能使自己成长，使自己成熟。只有穿越，才能对社会有贡献，实现人生的价值。

列车进入了隧道，原先哐啷哐啷的有如节拍的音乐声，一下子变得疯狂了。不知是山喜欢了列车，还是列车爱上了山，反正两者都充满着爱恋。山体将列车包裹，列车爱得凶猛，穿越都带着炽热的情感。这个时候，山就是母体，正在接受列车通过的阵痛。列车就是要出世的婴儿，在山体中欢畅地奔跑。行进的过程，亦如人之初。

列车的轰鸣由柔缓变成了强烈，有着凛冽北风的力度，透着一种刚毅。我随着这力量挟裹，也在穿越隧道。外面都是黑，车内的灯光将我与黑暗隔开，周围都是旅客，我不至于恐惧和孤独。我想喊，可是又怕惊动别人。听着列车呼啸的声音，看着外面茫茫的黑，我无语，只能静默。这样也好，令我回味我的生命之初。

三月正是南方桃花盛开时节，而我无以回答要到西部的缘由。或许西部的博大、深沉、旷远感召了我，让我有了向往的理由。正是这样的理由，让我一次次地穿越隧道，一次次地在穿越中悟得了生命。那些漫长的、黑黝黝的隧道，难道不是一页页漫长的历史？而我正是从漫长的一页页历史中穿越，穿越了孤独，穿越了彷徨，穿越了自我。

隧道如此漫长，列车在其间穿越，也就一点点地消灭漫长。岁月也如隧道，是如此漫长，我在其间行走，岁月也终会将我一点点地吞噬。行走于岁月，岁月一直向前延伸，人只能一步步地摸索前行。

现在，列车正在穿越隧道，我看不清外面，只知道外面是黑黑的世界。黑色吞没了一切，我黑色的眼睛也只能在黑色世界里搜寻。不过，我相信，黑色的外面，依然是光明的。

光明在哪里？穿越了黑色的隧道，光明就会来到。时间不长，隧道就被穿越。到了隧道出口，列车像一匹脱缰的野马冲了出来，光明一下子漫遍车厢，让我的眼睛猝不及防。

隧道已经被穿越，但前面依旧有隧道，依旧要穿越。更后来的生活，还会常常遇见隧道。因而，隧道不论实与虚，它都是暂时的。而穿越是长久的，每一次的穿越必将为下一次的穿越积累经验。有了经验积累，还怕生活中那些无形和有形的隧道吗？

看书的卖菜女人

　　小区的出口，有一个小菜市。几个固定的摊贩，早晚守着菜摊子。但在傍晚，经常有一个流动的菜摊出现。这是个中年女人，她推着车子一路叫卖而来。在一处空隙，她停好车，往地上铺一块塑料布，将菜摆好，坐上凳子。无人买菜，她就看书；有人买菜，就做生意；人一走，又看书，如此多次。周围尽是嘈杂的叫喊声，看书的她，往往更受关注，菜也是最先卖完。

　　家中买菜的任务不归我管，对于菜市的新闻也就知之甚少。直到有一天，爱人有事，临时嘱咐我买菜，我在卖菜的人群中一眼就发现了她，径直走到了她的菜摊前。

　　我选好菜，询问价钱。她放下书，称好菜，说："傍晚的生意，照本给你。"她的话说得实在，让我有好感。付钱的空当，我说："真佩服你，卖菜还看书。"她腼腆地一笑，说："喜欢呗。""看什么书呢？"我问。"哦，只是《读者》和一些文学名著。"她羞涩地回答。"知道哪些作品和作家呢？"我又追问。"知道一些，中国的像巴金、沈从文，外国的像托尔斯泰、狄更斯，作品如……"话没说完，就有人来买菜，我不便再问。离开时再看那书，出乎意料，竟然是梭罗的《瓦尔登湖》。

自此之后，下班从菜市经过，我都会有意无意地向那个摊位望望。有时看她在看书，就会猜她看的是何书。有时她不在，竟会感到有些莫名的失落，想着她因何事没来。无形中，她已成了菜市傍晚的一道风景。

有一天，去朋友的书屋，没想到碰到她，她正专注地看书。见我来了，抬起头笑笑，拿起书，掏出租金，出门推上车走了。我对朋友说，难得有这样嗜书的女人。朋友告诉我，她文化不高，却经常借各类文学书看，这儿的书几乎被她啃完了。

傍晚的时候，不管家里是否还有菜，我又跑到她的菜摊前。趁这个空隙，我们又谈起读书。她说她从小就喜欢读书，只是家贫没有完成学业，可爱读书的习惯却一直坚持了下来。书充实了生活，使生活过得有滋有味。后来她反问我："你觉得读书有用吗？"不轻不重的话，却让我语塞。时下，纷扰的生活，像她既卖菜又读书的人就更少。我只能这样说："读书，至少让生活不寂寞。"她听了我的话，笑着点点头。

在市井之声里，没办法同她聊得过多，但我可以想象，她的内心一定有一个很高洁的生活梦想。因为爱所以爱，身处市井却能找到属于自己的生活，本身就是一种超脱，而表现在一个卖菜女人身上，我就更加敬佩她。

把人生泡进茶里

喜欢喝茶由来已久，如果一日不喝茶，就有些不自在。所以不论怎样，每天不能忘的事情就是给自己泡上一壶茶。当碧绿的茶叶如一群轻盈的少女在翩翩起舞，清幽的茶香袅娜地从杯中溢出氤氲整个房间时，我自然就会屏气呼吸，再呼吸，油然陶醉于其中。等茶叶归于沉寂，缓缓地沉入杯底，再轻轻地抿一口，瞬间茶香就顺着咽喉直入肺腑，随即在全身蔓延开来，真的令人心旷神怡。倘若无意中喝到一片茶叶而慢慢地咀嚼，那淡淡的清香，微苦中的浅浅甜味，更是回味无穷。

有时我也在泡茶时观察杯中的茶叶。经过制作的茶叶，虽然还是碧绿青翠，却早已魂归太虚，我只能想象它在茶树上的饱满了。而当这些有着皱褶、死气沉沉、看似冰冷的叶片，被滚沸的开水注入时，沉默多时的生命就立即张扬起来，让人怦然心动。它沉浮在透明的开水中，舒展身子，恢复青翠，把我们带回到春天里那满山坡生机盎然的茶园。茶叶，正因为有着对春天记忆的收藏，所以，我们在任何一季里饮茶，都可以感受到和煦的春风和春日慵懒的阳光。随时随地品尝一杯绿茶，也就是在品味春天。

很多时候，杯中的茶叶都被我恍惚成生命之花。这些花儿在瞬间绽放，又泛起生命的鲜活，不是吗？将茶叶放入杯中，用开水一冲，绿意就会奔跑起来。水流旋舞，茶叶也仿佛穿越时光隧道，回归春天。再看水中，每一片茶叶的脉络越发清晰，仿佛是生命的血管，积攒着无穷的力量。茶叶的躯体在滚沸的水中缓慢舒张，也就是生命的延伸过程，透过杯中袅娜的茶叶，我似乎看到了春天茶树枝条上的那些鲜活。

而氤氲的香气从杯里迸发而出，缭绕在水面，既有风雨的灵性，又有馥郁的清香。沉醉其中，没有理由不相信它的气息是来自清新的春天，也没有理由怀疑茶叶仍然还能如此真实地焕发生命力。卑微的茶叶，穿越尘世的混沌，再现茶山的新绿。手捧茶杯，一不小心我仿佛跌进了鸟语花香，春雨霏霏，郁郁葱葱的茶山。

都说人生如茶，其实人生何尝不是在泡茶。人生之路漫长，在岁月里却很短暂，我们不能留住岁月匆匆的脚步，只能认真地对待每一天。所以，在泡茶或者品茗时，我时常把自己的人生当作悠悠岁月中的一片茶叶。茶叶泡出来供人品味，人生泡出来同样也供人品味。当我们在品茶的时候，也是在品味人生。品的过程，反映的就是人的一种心态和一种情调，蕴含的是一种欲语又休的沉默和一种热闹后的落寞。当外界的喧嚣和内心的浮躁被满屋的茶香消融，心就归于平静，心如止水了。

岁月悠悠，人生在其间沉浮不过几十年，要经历无数的坎坷无数的枯荣，但人生只要理想不灭，就会有如茶叶一般遇到白开水的机遇，这样就会获得让生命重新饱满的机会。人有贫富贵贱，茶有名优劣次，不同的人喝不同的茶且泡法也不一。但不论怎样，同样的白开水，却泡出了不同的人生，不同的境界，喜怒哀乐尽在一壶茶中。

自然的茶叶被动地接受人的选择，也许从茶树上长出第一片叶子起，就注定了它一生的命运就是奉献，被人享受从它的身体分解出来的汁液，它是快乐、自豪和荣耀的。人呢？人是不同于茶的，是主动的，可以自主选择，同样的天空下，有人经过艰苦拼搏喝到了香甜的人生茶，有人沉沦颓废不得不咽下苦涩的人生茶，更多的人几乎在喝一杯平平淡淡的人生茶，踏实地走完人生路。茶要浸泡才有浓香，人生也要磨炼才能坦然。无论是谁，在人生路上如果经不起风吹雨打，世情冷暖，坎坷浮沉，怕是也品不到人生之茶的馨香。观庭前花开花落，看天上云卷云舒。一切都经历过后，人也就如沸水泡过的茶叶，在成熟的后面，用微笑来接纳一切。

曾经在茶楼，与不同的人喝不同的茶。满室都是茶香浸染氤氲而来的古典音乐，令人遐思，令人神往。谈笑间，茶由浓变淡，浮浮沉沉，而人来来往往，聚聚散散，不经意就在苦涩的清香中，感觉人不过是岁月中的片片茶叶，不同的人有着不同的味道。

所以，把人生泡进茶里，才知道自己的味道。

热爱生活

午后，闲着无事，我像一只寻找猎物的猫，溜达到一个正在建设的工地。这时，下了很久的雨停了，工地上显得泥泞杂乱。还没到上工的时间，工地上静寂无声。远远地有一个破旧的工棚，门口有个人在看书，好奇心促使我走近。或许沉浸在书中，我的走近，他竟不知道。我只好狠狠地踢了一下身边的空桶，咣当的声响在沉寂的工地上划过，他才从书里抬起头来，看了我一眼。我也看清了他，这是一个皮肤黝黑的汉子，岁月的风霜尽管雕刻在脸上，但眼睛却透彻得如一泓清澈的山泉。

"你找谁？"他奇怪地问我。"不找谁，随便走走。"我顺口答道，眼睛却瞄向他手中的书。他见了，不好意思地笑笑，不自然地将书合上。我终于看见了书名，原来是杰克·伦敦的《热爱生命》。很早的时候，我就看过，它给人很大的启迪，也很震撼人心，是一本对力量、对坚强、对生命力渴望的书。于是，我对他说："我看过这本书。""是吗？"他的眼里闪过一丝欣喜。书一下子让距离拉近，气氛因此融洽。他拿来凳子，示意我坐下，我们俨然成了一见如故的朋友。

"这本书写得好，有分量，我不止一次读了，读出了书中的意味。"他接着又说，"这本书给了我信心，让我对生活乃至生命充满着希望。"我敬佩地点头说："那当然，这本优秀的书弘扬的精神就是：当什么都失去的时候，对生的渴望支撑着人不去放弃的勇气。"我的话，他也表示赞同。

在接下来的谈话中，我知道了他来自离这儿不远的山里。家里上有七八十的老人，下有两个孩子上大学，中间还有常年生病的妻子，能挣钱的就他一人，生活的重担压在他一个人身上。不等他说完，我的眼睛就湿润了。再仔细看他：苍老，憨厚，成熟，看起来有五十多岁。他似乎知道我的狐疑，不好意思地说："山里人，劳动强度大，其实我才四十多岁呢！"

他简单的表白却让我心一酸，我马上对他说，不是这个意思。短暂的沉寂之后，他忽然自言自语，他没有一技之长，只怪当年家贫没念完初中，要是念完，怎会打零工养家糊口，这就是命运，就是生活啊！他的肺腑之言，让我不能说什么，我只能安慰他，你已经做得很不错了，将孩子培养出来就是最大的成功。听到我说他的孩子，他嘴角泛起的微笑，竟灿烂得如阳光一般。他扬了扬书，笑着说："这就是孩子带回的。""你孩子给你的精神食粮真不错！"我也笑了笑，将欣喜的眼光投向他。

生活，是每个人都要经历的。生活得开心、充实，不一定每个人都能达到。如何在生活中找到生活，各人又有各自不同的选择。像他这样一个普通的民工，能在读书中寻找到自己的生活，本身就已经不平凡了。我曾看过许多人，一有时间就三三两两地坐在一起闲扯、喝酒、打牌、闲逛等，以为这也是生活。然而，这样的生活就算是，也是平庸、缺血的生活。只有让生活动起来，生活在其中，才是快乐的。

现在，工地还没开工，他没有选择同众人一起去玩，而是选择了看书，让生活在书中延伸。我想，他的内心是很丰富的，一定有一个梦想。果然，他告诉我，他以前读书非常用功，也曾有过远大理想。但生活的磨难让他的理想破灭了，他又将理想延续到孩子身上。还好孩子都还争气，让他没有丧失对生活的信心。他经常读孩子带回家的书，并慢慢地把生活读进了书里，用书本上的知识丰富生活，使生活变得充盈。会生活，生活才像个生活。

还能说什么呢？我移开目光，看棚子外面的一辆自行车。直觉告诉我，这是他生活的交通工具。车子很破，快要到散架子的地步了，不可想象，就是它支撑着他生活。穷且益坚，不坠青云之志。生活中每个人都能像他一样找到自己的生活，活着才真的有意义。

到了上工的时间，工人们陆续来了。工棚外我与他道别，也在这时，天开笑脸，云缝里抖出数道金色的阳光，洒在我们身上。他走向脚手架，我却停下脚步，看他在阳光下越走越大的身影，看他头顶的天空，正好有一只鸟，朝着云缝里的阳光飞去。

信　心

　　听说一家装饰设计公司在小城口碑不错，且老总的创业有些故事，我就慕名前去采访。在公司总经理办公室，我见到了身材瘦削、其貌不扬的他。一番客套过后，他就对我说了他的故事。

　　几年前，因为将妻子的哥哥送进监狱，他落了个众叛亲离的下场。心爱的妻子与他离了婚，公司也被抵押还债，辛苦打拼下的产业和荣誉，转瞬间轰然坍塌，他一蹶不振，一连三个月，什么人都不愿见。

　　我问何事造成这样？他长叹了一声说起他以前的经历。大学毕业后，他开办了一家装饰设计公司。由于设计新颖时尚，报价合理，公司一开始就宾客盈门，效益可观。有了红火的业务，公司人手明显不够，这时，妻子就将她的哥哥安排进来。由于是亲舅子，他让他负责公司业务，但一次舅子的疏漏，致使一根未熄灭的烟蒂，引燃了正在装修的楼，造成损失惨重。事后，舅子畏罪潜逃，他不仅没有帮助舅子，而是通过各种渠道，摸到舅子的消息，毅然举报了。舅子被抓去判刑，他的事业和家庭也就没了。

一个朋友，听说他的境况，深表同情，就打电话约他到小城发展。他来到朋友这里，朋友为使他早日走出低谷，就竭力开导他。朋友的鼓励，让他渐渐地有了重拾事业的信心。于是，他丢掉思想包袱，走进市场。

在市场调查中，他吃尽了苦头，炎热的天气里，他汗流浃背地走遍建材商店，不厌其烦地与客户交谈。不长的时间，熟悉了很多商家。他的勤奋和辛苦没有白费，很快他发现小城家装行业还是一个空白，知道自己该怎么做了。他留了下来，倾其所有成立了一家装饰公司。

不料，第一笔生意就被骗了。有一家商户假惺惺地说为他提供帮助，许诺以最优惠的价格提供材料。可是，等事情做完，一结账，对方的报价却高了许多。他提出异议，却被冷冰冰地拒绝，只好咬牙接受，他清楚，一个外乡人是不会占到便宜的。

那一年，他所做的生意都亏了，心情很坏。过年，听着外面的鞭炮声，他把自己关在办公室里反思。当抽完最后一根烟的时候，响起了新年的钟声。也在这时，心爱的女儿和朋友给他发来了祝福的信息，他看着女儿的祝福和朋友的鼓励，双眼湿润了。

世上没有过不去的坎儿。想到此，他猛然扔掉烟蒂，箭步来到窗前，一把打开了窗。外面正是灯火辉煌，鞭炮声声预示着新的一年开始了。

自此，他好像变了一个人，他又重新振作起来，经过不懈的努力，他的公司终于又获成功。说完这些，他一高兴，就抬起了得意的头，这时，我就看清了他自豪的眼神和嘴角扬起的淡淡笑意。正要向他表示祝贺，突然来了客户，不便打扰，我就与他告辞。

在走向楼梯的时候，我回了下头。只见他坐在宽大的办公室里，正在与客户交谈，看样子这笔业务又要做成了。忽然心头一热，觉得他身上有很多东西都值得我学习，由此也悟出，人处在逆境并不可怕，怕的是自己丧失信心。

落叶和秋草

　　不大的一块空地，夹在楼房和平房之间，仅生长着一棵孤独的树和一些丛生的野草、野花。每每从这儿经过，我时常感到它于静穆中的变化。不必说春夏时草的碧绿青翠，花的妩媚妖娆，树的枝繁叶茂。这些令眼睛一亮的风景，当那秋风乍起，秋虫的歌声远去了，落叶缤纷，野花野草枯萎，但它们也是静美的。

　　又是一阵秋风起，大地上那些低沉且厚重的东西便也一览无余。田间地头，很多植物、果木成熟了，让人们的脸上漾起笑意。大地上，有些东西比如落叶、秋草完成了一生的使命，不声不响地在飘落凋零，平常的过程可以忽略它们的存在。然而就是这样的平常，却蕴含着朴素的哲理，那是怎样的凄美和悲壮，又是怎样的绵长和厚重。秋天是它们生命的终结者，却也绽放它们的精神。

　　谁说落叶和秋草就一定悲秋呢？我就喜欢在秋风中，拿饱含情感的眼睛眺望它们。在历经秋天的洗礼后，它们带着对大地的深深眷恋，蕴藏着来年更葱绿的希望，变得如此从容。由此让人想到，无论经历多少风霜、坎坷，只要淡定从容，波澜不惊，人生也终将有价值。

而那一棵孤独的树，被秋风扫过，树影迷离，枝干上发黄的树叶，就随秋风缓缓飘落而下，仿佛历经风霜，在繁华散尽之后回归恬淡，等待来年的轮回。而其飘落的身姿，潇洒静美，像是一只只飞得疲倦的蝴蝶，蹁跹着最后的优雅，努力地寻找归宿。

落叶与秋草，春起秋消，在似水流年的自然中，将芳华定格成深厚、通透和永恒，这一过程，我们甚至听不到哪怕是微弱的声息。世界有了它们就丰富多彩，缺了它们就单调晦涩。它们生来不愿大张旗鼓，消亡也没有一丝渲染。一生不争宠邀功，只是默默地点缀自然，丰富我们的生活。

落叶飘零了，秋草也已枯黄。可树和草的根，依旧紧紧地拥抱大地，还在顽强地拓展、演绎生命。那些被秋风带走的草籽，也在到处扩张，说不定，就飘到一处荒芜的地方或者一处缝隙。它们扎根于黑色的土地，为明年的生命轮回而孕育。

"落红不是无情物，化作春泥更护花。"落叶飘落于地，与秋草一样，都与泥土拥抱，并经日晒雨淋，化为肥料，为明春生命的生发积蓄能量，真的是化腐朽为神奇。面对它们，我无言，也深刻领悟到"生如夏花之灿烂，死如秋叶之静美"的内涵。人的生命过程，虽不是与它们等同，但也有相似的地方。生活中，我们应为新生命的诞生而欢呼，不应为生命的陨落而悲哀，不因飘逝的落叶和枯萎的秋草而悲秋，更不应对即将到来的寒冬而恐惧。季节的变换，生与死，皆是规律的使然，我们应让人生更加美好。

现实中，有人不懈地追求、探索，谱写人生的辉煌；有人脚踏实地，默默无闻地践行人生的宗旨；有人忤逆社会，成了千古罪人，如此等等。落叶和秋草却很单纯，不像人类的尖锐复杂。它们不会说话，无法表达情感，只能被动地演绎生命，究其一生，它们的无言，这本身就是一种美、一种境界、一种理解、一种精神、一种追求。

春时，树叶从枝梢冒出嫩芽，小草从土地绽放绿意，春日里暖暖的阳光流泻其上，流碧滴翠。无论是谁，看到如此美丽的景致，都能感到诗意的绿色直抵心底的那种咄咄逼人的态势。这是一个多么美妙的时刻啊！有人捉笔讴歌，有人着手描绘丹青，有人欢呼雀跃，有人庆贺自己又迎来一个春天……

至秋了，这些美丽的景致随时光消逝了。那观者如云，溢美赞誉的话语，也不复再有，一时间更多地被人们遗忘，甚至还有一些鄙夷的眼光和唾弃的话语。巨大的反差，却不能摧毁叶和草矢志不渝的信念。在孤寂的迷茫里，它们并没有改变自己零落成泥的初衷，仍然在没有荣誉没有鲜花也没有欢呼的掌声里告诉我们一些哲理。

落叶和秋草，年年都有。而它们的静美，启示的寓意，有谁真正体味到呢？

你好，爬山虎

　　曾经住过的老街，在小城的深处。不久前回去了一趟，看到它仍然保持着古朴宁静的风韵，这让经历过世事芜杂与人生坎坷的我，有了一种说不出的亲切，甚至有一刻还产生了搬回来的冲动。

　　我原先住的是一处带院子的老宅，青砖黑瓦里，似乎总流露着一种被岁月浸染过的味道，令人感喟。院墙不高，是用附近河里拉回的清一色的黄滑石砌成。沿墙根下，几株爬山虎，恣意蔓延，将几面院墙密密地爬满了，它又与邻家院墙上的爬山虎会合，构成了绿色的屏障，真的是一道美丽的风景。每当从院墙下走过，我都会被它带来的清凉和舒适的绿意陶醉。

　　那时，老街人家的院子里，大多有爬山虎的踪影。它们是野性的，不管人们愿意不愿意，依旧我行我素地爬上院墙，对着天空和太阳，骄傲地昂起头。有阳光的早晨，我喜欢在院子里，看阳光轻轻地照到一脉瘦弱藤上的细长叶子，恍惚里，觉得每一片都在向着天空微笑。如果有微风吹来，阳光就从叶子上滑下来，跌落成一地碎银子，斑驳陆离，朦胧且诗意。走过去感受一下，总会把一些阳光和绿色带进心情里。有时，朗朗晴空下，我喜欢与它比高或者搜寻它攀爬的轨迹。每天它都在快速生长，今天在停留的地方画一印迹，明天就倏地高过了，而且每天都在高过。过程我虽不能亲眼见到，也听不见它的裂变，但我却知道它在攀爬，不停地攀爬。

说起爬山虎，漫山遍野都有，虽然它微不足道，很普通。但生命里却有着顽强的秉性，它牢牢扎根于土壤，永不疲倦地向上攀爬。不仅在城市里攀爬高楼大厦，也在穷乡僻壤的土砖瓦房上生长，而且在悬崖峭壁上也有一席之地。

它既不畏富贵，也不嫌弃贫瘠，只要有生存的空间，就会不屈地向上攀爬。我对春天的感知，总是在最后一场残雪化尽，从它干瘦的枝茎上冒出的褐红色的芽上得到。在夏天，也总是从它绿得深沉的叶子上领略无尽的绿意和清凉的快感。而秋天，它的橙黄色又让我仿佛置身于一幅浓浓的油画里。就是冬天，我也不因它的颓败枯萎而伤感，反而为它孕育来年的新绿而高兴。

旧宅旁邻居的院落，不知何时被翻盖成了二层的楼房。但四面的墙上，却依旧爬满了绿葱葱的爬山虎，这在一片青砖黑瓦中，像是一湖碧绿的湖水，既显得典雅又是那样卓尔不群，让人很有想头。

我去的那天，正是早晨，阳光静静地从逼仄的街道上空漏下来，几根爬山虎昂着头，拐过窗棂，在墙壁上努力地向前攀爬。这一幕，令我震惊，遂在楼前停住，兴致勃勃地观看它们的表演。正当入神的时候，厚重的木门忽然"吱呀"一声开了，一位白发苍苍的老人走了出来。他是一位退休教师，十来年不见，他依然认得我。

我微笑着向他问好，他也微笑着问我是不是回来看看。我一边说是的，一边指着爬山虎告诉老人，我喜欢它们。老人也很高兴，一手指着爬山虎，一手指着我说："我老了，爬不动了，你年轻，要像它们一样，在事业上，要不断地攀爬和超越自己。"老人的言语柔和温馨，一下子温暖了我。我感激地看着老人，岁月不等闲，他的两腮已瘪，额头上早已皱纹深深，阳光下，一头银发闪烁，与背后绿葱葱的爬山虎形成了鲜明的对比。

大千世界，芸芸众生。在自然的路上，爬山虎虽然无言，却用无声的行动诠释着什么是永不停止的勇士，什么是敢于拼搏和进取的英雄。而人生的路上，每个人也都如爬山虎，向着更高的目标，不断地向上攀爬。

面前的老人，就是一只爬山虎，只是他老了，爬不动了。然而，他的言行却鼓励了我，让我充满攀爬的决心和坚定必胜的信心。是的，人生的旅途，不可能总是一帆风顺，总会遇到困难和挫折，只要我们有爬山虎的坚强与果敢，不气馁，不放弃追求，终究会成功的。

那个早晨，沐浴在阳光下，面对豁达和睿智的老人，面对郁郁葱葱的爬山虎，我，一切皆明了。

鸟，落在冬天的湖

　　大巴车如一只偌大的鸟笼，清晨就被一种欲望提着，从日渐苏醒的城市森林出发，一路飞驰而过田畴、村庄、河流，栖落在碧波万顷风姿绰约的嬉子湖边。与同行的人一样，我迫不及待地跳出车子，有一种被解放了的感动。

　　没想遇到嬉子湖的寒风，如无数把钢刀，蘸着湿湿的寒意，从白茫茫的湖面上呐喊着刮来，掀动我单薄的衣襟，刺痛我的血脉，唤醒我的灵魂。内心在躁动，这久违的感觉，让我清醒并痛快着。一抬头，想与它打个招呼，一排已经骨感的湖柳枝，疏朗着空间，在它的身后一路飘飘铺陈，直至茫然惨白的天际，究竟是不理我的。还好，我看见了天空的云聚云散，窥见了云缝里忽隐忽现的一轮太阳。

　　最初，它绵柔的光线，充满着爱意，像丘比特之箭徐徐地射中我，我有些眩晕，莫名有想飞的冲动。一阵更凉的寒风又起，我听见了柳枝在风中哭泣的声音，我听到了衣襟瑟瑟发抖的讨饶声，我还听到了失望、无奈、埋怨和愤怒的声音。但我也听到了不屈不挠、坚毅刚强和掷地有声的声音。

它们汇聚，分散，又汇聚。自然的本能，情感的交织，动感着宁静而又迷人的湖畔。然而，只一会儿，风起云涌，天空又被乌云遮盖。远方水天一色，不见了远去的渔舟，不见了岸上飘着炊烟的村庄和丝带一样的道路。只见近处岸边，几只无人的孤舟在寒风中摇晃、颠荡，哗哗的声响，仿佛增添了对其悲悯的程度。

我们无人上船，寒风淡泊了心情，计划赶不上变化，是寒风的缘故，抑或是人的因素？不想去深究，也不想解开抛在岸边的铁锚，驾舟驰骋于阴郁的湖面。我就两手插进衣袋里，和一群与我有一样心情的人，东张西望，走走停停。风是凛冽的，却也割不断人们来自内心深处的灵感，那些睿智的眼睛随时随地捕捉一些细微的东西，所以说出来的话语，都能悟出很深的禅意。

其实，生活本身就是不可泄露的禅意。参悟，也就显示各自的本能了。像在猎猎寒风中，我们在湖畔行走，思绪在风中飘散，看到的，想到的，心境也就各不相同了。但不论他们带有怎样的情趣，怎样的追求，怎样的目的，或者怎样的流放，怎样的迎合，怎样的迸发，这些都不难理解，毕竟我们感同身受。

一声鸟鸣，从湖的深处透迤着长音而来，我紧张地望去，只见一只鸟，拍打着翅膀飞向一处湖汊，紧跟在它身后的是黑压压的一群鸟。它们在空中时而聚拢，时而三五成群，风的方向就是它们的方向，风停，它们就落。在先前那只鸟停留的湖汊，风悄然停了，水面无波，白茫茫的水面上落了一层白茫茫的鸟，掀起了一圈圈诗意的涟漪。水面无花，它们是一群水鸟，可我怎么看这群鸟都像水面上开放的一片花。冬天的湖面，空旷、清冷和寂寞，水鸟群的到来却又让湖生动起来。它们在极尽自然的画卷里，在冬天的桌面上，握住寒风的笔，像书法大家一样，挥洒自如地泼墨。因而，我就能自如地融入其中，醉倒，再飘摇。

我不能如它们一样飞，同行人也不能。看着我们散落在湖畔，一会儿聚拢，一会儿又散开，情景几乎与鸟无异。但自然的鸟，远比人聪颖，在这寒风里，不去温暖的城市，却栖落在凄冷的湖畔，依旧在酷寒中生活，一代又一代。我不知道怎么称呼它们，我也不知道我是第几批来的人，只知道我与大家一起来不仅仅是为了看风景，而是向往更好的生活。它们给予我们许多感悟。其中很多东西可以净化我们的灵魂，增添我们的智慧。

古人把乐水的人称为智者，实在是一种褒奖。但很多人来了走，走了来，几乎无人把这里当作自己真正的家。在这里，我与这些水鸟邂逅，注定是冥冥中的造化或者缘分。我竟有些臆想，我究竟是不是人间的一只鸟？一个声音说，不是，这儿不是我的家。鸟是这里的主人，这里是它们的家园，它们世代在此繁衍，与湖彼此和谐着，使湖永葆着活力。

同行的人进了暖和的屋子，我溜了出来，一个人悄悄地走近湖汊。我的到来引起了一只水鸟的不安。当时，它在滩涂上闲庭阔步，我杂乱的脚步打乱了它的节奏，它一边惊慌地张开翅膀飞起来，一边发出尖厉的呼喊声。我不懂鸟语，这些水鸟懂，它们呼啦一下全飞起来，一阵阵的气浪差点将我击倒。我停步，看着它们如蝴蝶般翻飞，在空中不停地绽放出形态各异的花。

有人走了过来，这是一个打鱼人。我就问他这是一群什么鸟，他有些疑惑地望着我说，它们是被我们称作海鸥的鸟。怪了，湖远离大海，怎么会出现海鸥？我一怔，就看到那人颇为不屑的眼光，看来，在他眼里，我也是一只他看不明白的鸟了。呜呼，谁叫我这只鸟不识这群鸟呢！

水鸟又回到水面，它们有的簇拥在一起，温馨得像个和睦的大家庭；有的三三两两地追逐嬉戏，像一群顽皮的孩童；有的远离群体，交颈相欢，分明是一对对情侣；有的捕到了鱼虾，就急忙喂食幼小的鸟，体现着浓浓的母爱……感人至深的画面，与我们的生活极为相似。我无语，因为我看到了生活的另一面。我在一面生活着，有时很孤独，有时也很烦恼。我不曾看到另一面生活的欢乐，另一面生活的憧憬。我就这样矛盾地生活在困惑的世界里，有时我真的不如一只鸟。

滩涂上凌乱着这些水鸟的趾痕，我很想踏上去在上面留个印痕，与之交错。终究不敢，我知道，这些稀软的泥土，会将我笨重的脚深深陷住，甚至将我的思想一并陷住。我知道自己只能在陆地上时时虚幻自己是鸟，只能生活在现实的海洋里。如果逆生活而动，那是断然不敢的。

我就行走在湖岸，用眼睛触摸着洒脱的水鸟和这些趾痕，我在努力地找寻情感深处的一些丢失的东西。这些微小的鸟类和这个伟大的湖，使我感到了我的苍白和卑微。来了，我还得回去，回到城市森林中去，我不能如鸟般自由。滚滚的红尘，纷扰的生活，迷惑的情感，给了我们过多的羁绊。囚在生活的鸟笼里，为着生活，我寻觅着归程。

岁月无情，无论是对人还是对事。嬉子湖也不例外，它是时光的囚徒，我与这群鸟都只是匆匆的过客，我走来也会离开，带来希望也带走落寞。但鸟在这儿生息，比我多了一些时间。只是湖不知道，它依然在天地间静穆，接受着无数匆匆过客的垂询和无数飞起又降落的鸟的亲昵。

风又起了，依旧是咄咄逼人的寒气。我有些冷了，这样的天气，迷蒙在凄美的湖畔，真的有些恍惚。我多想是生活中一只振翅高飞的鸟，在我理想的湖边栖落。似乎，这一切在近处，又像是在远处。

冬天里的嬉子湖，轻轻地我走了，不忍对你有半点的惊动，也不敢对你有任何的亵渎。离开，我不敢做行走的姿态，离开，我依然做深情的回眸。嬉子湖啊，嬉子湖，我终于如鸟般在这儿落了一回。

鸟鸣的声音

这该是一个诗情画意的清晨，熹微的光亮爬上了窗户，那幅米黄色的窗帘宛若在牛乳中洗过，朦胧且充满诗意。又有鸟鸣声响起，像是邻家女孩唱着抒情的歌，婉转又清丽。我住在楼上，窗下就是一楼邻居的院子，栽有一棵蓬勃的樟树，晨曲就是由鸟在树上奏响。我在鸟鸣声中醒来，躺在被窝里，仔细聆听，觉得每只鸟，似乎都是冲着我在叫。这很好，我一直对鸟鸣的声音特别喜欢，甚至觉得鸟鸣声就是流淌在我血脉里的快乐。

我在不由自主的微笑中起床，轻轻地拉开窗帘，推开窗，想看看是些什么鸟。微风从樟树上吹进窗户，贴到脸上，像是被猫的舌头舔过，清凉凉的。微风又把樟树叶弄得哗哗响，掀起一波波的绿浪，把鸟给遮住了。我擦亮眼睛，也难以发现鸟的踪影。我不灰心，等风住了，就朝有声音的叶子中间张望。枝繁叶茂，真的很难窥见是些什么样的鸟，偶尔有只鸟露出头，我的目光一与它相遇，它就调皮地飞到更高的枝头，与我玩起了捉迷藏。如果想要熟悉一只鸟，有时真的不太容易啊！

人们在鸟鸣声中开始了一天的生活。最早开院门的是一楼的大妈，她在樟树底下支起的炉子，可能昨晚没封住，炉子熄了。引煤的柴火熊熊燃烧的时候，大妈就将一块蜂窝煤放上去。火顿时被压制了，而一股很浓的青烟就呼啦一下升腾起来，又往樟树上弥漫开来。不大一会儿，树上就烟雾缭绕了。我一惊，坏了，这不是雾，是人间的烟火，鸟是承受不起的。果然，我就再没有听见树上的鸟鸣声，只听见树叶哗哗一响，几只鸟展翅飞走了。周围又静了下来，但我的情绪却在起伏。感觉离去的不仅仅是几只鸟，也包括我。鸟飞走不久，炉子生起来了，烟也散尽，樟树又恢复了原先的样子。我又听到了鸟鸣声，抬头一望，几只鸟正在往树上落，这是不是先前飞走的那几只呢？

或许，鸟鸣声天生就有给人带来快乐的成分，又能给人营造一种旷达绵延的情境。所以，这个他类的语言，被喜爱的我听来，竟有一种异乎寻常的激动。可惜我不是鸟，也不会鸟语。任何一种鸟在空中飞来飞去，都很自在。任何一只鸟说话无拘无束，都很自由。我就不如一只鸟了，我是俗人，在尘世中想头太多，又被诸多条条框框限制，我不能特立独行，只能按照规则行事做人。故而，鸟鸣的声音，流动在心头，就会触动我的神经。我也不甚清楚，它怎么成了我一个挥之不去的情结。

听见了鸟鸣声，心往往为之一震，这个早晨也不例外。它指示给我的，应该是自然中永不停息的生命跳动，它在我在，人与自然本来就是和谐的，不可想象缺少鸟鸣声的自然是个什么情状。因而，我很迷恋鸟鸣声，迷恋这种清脆悦耳带有生命呼唤和力量的声音，它拓展着生命的热情，也带给我们无限的美好和向往。

我在屋子里面看鸟，臆想着树上的鸟是否也在看我？也在假设它嘲笑我被囚在屋子里，也如一只鸟被关着的表情。而我总以为，我住的屋子就如鸟笼，上班的地方也是，每天出出进进，生活就这么过着，安逸而平淡。好在生活中还有鸟鸣声，给我有些失落的灵魂注入了清醒剂。飞起飞降，鸟为着生活。进进出出，我也是为着生活。两相对比，鸟自由，我则被很多尘世间的东西羁绊，不能做到天马行空，独来独往。

我总喜欢在鸟鸣声中出门上班，但当一出门，鸟鸣声就渐行渐远，不一会儿就被尘世中的各种声音所湮灭。这让我讨厌起城市来。住在城市，远不比乡村，钢筋水泥铸就的森林已经将天空切割得支离破碎，哪里还看得见鸟在天空中翱翔的身姿？偶或听见的鸟鸣声也很快被市声所吞没，又让人想起乡村。在乡村，大地空旷，树木疏朗。听鸟鸣，永远是那么亲切和温暖。所以，我喜欢去乡村听鸟鸣声，它让我灵魂升华。但我也愿意在城市待着，城市让我的生活美好。等到美好生活到来的那一天，我想鸟鸣声会更加亲切些。

忽然，我也学着鸟鸣，吹起了口哨，把自己当作生活中的一只鸟了。

为一朵花微笑

　　与几个朋友坐在一家茶楼的二楼喝茶，《雨打芭蕉》的古筝声在布置得典雅的房间里幽幽弥漫，似乎每一寸空间都氤氲着古典情韵。在自觉与不自觉中，我们都被时而激越、时而低沉的音符所陶醉，仿佛正在穿越时光隧道，回到了曾经的场景，有些恍惚。或许沉浸得太过了，有一个朋友站起来，打开了雕花格子的窗户。

　　呼啦一下，温软的阳光和浸染着寒意的秋风直扑进来。我猛地一抬头，就看见了阳台上一盆叫不出名字的花。再仔细一看，发现它日渐骨感的花枝上竟然还开着一两朵花，不过，粉红的花正在凋谢，花瓣也是病恹恹的，秋风中微微颤抖着，像是被谁抽走了灵魂。花盆里和地上零乱地躺着一些不知何时从花枝上掉下来的花瓣和落叶，秋阳照着，有些炫目，也有些感伤。

　　静静地看着它，思想就如一只陀螺高速旋转起来。我想起了每天上班都要走过的路上也有一株这样的花。早些时候，从它身边经过，我看见它的花蕾几乎一天一个变化，但我弄不清它什么时候绽放。等待一朵花开的时间实在太漫长，就如等待一个人的成长一样，我们不可能知道具体细节。对于这朵花，我不可能长时间地守候，只能臆想着在第一时间看到花的开放，或者听到花开的声音。

花非我族类，是自然界的植物，有其生长规律，并不是我们所能掌控的。虽然它们不能说话，但它们有生命，有思想，有规律，如同人类。不过，我相信是花，总是要开的，或许它就悄悄地把笑容绽放在某一瞬间，只不过我们不知道，或者忽略了。

我见到那朵花的开放，是在前不久一个铺满阳光的早晨。我在那里，就被灿然夺目的它留住了脚步。早晨一切都是新鲜的，阳光也很绵柔，金色的光线流泻在鲜艳欲滴的花上，仿若给它披上了一件金光闪闪的锦衫。它，越发妩媚性感，冰清玉洁，神圣而不可亵渎。

我迷惑了，仿佛中了丘比特的箭，如果把它比作多情的女子，那我必是钟情的男人了。我六神无主，能做的只是屏住呼吸，然后，静下来，静下来，静听它在阳光下的浅吟低唱。也有微风吹拂，花无言，在频频颔首，我无语，却心领神会。虽然错过了花开的时间，但我拥有了这美丽的瞬间，蓦然，我就被一种幸福所包围。

以后的几天，公务繁忙，我再也无法眷顾它。等到深秋我再看它的时候，花早就凋零了，只剩下几片叶子的茎干和已经长硬了的尖刺，这让我落寞、惆怅和感伤。

　　花究竟落了，明年还会再开，轮回或许是一种宿命。林清玄说："一切因缘的雪融冰消或抽芽开花都是自然的，我们尽一切的努力也无法阻止一朵花的凋谢，因此，开花时看花开，凋谢时就欣赏花的飘零吧！"花凋零了，给我们留下了些许遗憾，这都是生命的使然，我们不应该因此而悲，反而应该喜。

　　花开时，我们就欣赏它的美丽；凋零时，我们就欣赏落红之美，回味它给我们带来的哲理。龚自珍的诗句"落红不是无情物，化作春泥更护花"，说的就是脱离了花枝的花，即使化作春泥，也甘愿培育来年春花的成长。平时我们看一朵花的成长过程，也就是在看它的新生和凋零的过程，这原本是同一个世界。其他事物呢？应该都是如此吧！

　　这个季节留给人过多的思绪，它让我沉默，也让我激动。花开花落本是自然的过程，我们不可能使任何一片花瓣回到枝头，我们所要做的只能是心存敬重与感怀了。

　　秋日阳光温暖地抚慰着那盆残花，阳光无言，我也无言。似乎没有了声音，我们都在保持着最后时刻的道别，离开，安详而不媚俗。这个画面很美，是一种极致的美。

　　忽然，风声紧了，枝头的花瓣也被吹落了几瓣，风中的它们在旋转着，像是几只飘舞的蝴蝶。有一瓣落到我的面前，俯身轻轻拾起，仔细地端详。只见它的血色依旧，神态仍然那样安然，是否它不懂得叹息？

　　迎着阳光，就着秋风，在悠悠的古筝声中，我轻轻地将花瓣放到花盆里，让它拥抱泥土，让它有回家的感觉，让它以仰望的姿态回顾曾经辉煌过的枝头，然后高傲地说：明年还会再来，还会有我灿烂的笑脸。而我，也将期待着为这朵花微笑。

愿意成为一棵草

秋风漫过山坡，成片的狗尾巴草、茅草随之摇曳，其阵势，震撼、壮观且富有诗意。一只鹧鸪受惊了，它从草丛深处惊慌地逃向空中。一些刚刚还在翩跹的蝴蝶，瞬间就被这排山倒海的草浪吞噬了。我坐在山坡一处的石头上，被眼前突如其来的一幕吸引。我看到面前密集的草，一列列像是冲锋陷阵的士兵，在猎猎秋风的指挥下，此起彼伏着身子，举起一支支利剑，呐喊着，似在向我包围，向我攻击。我有些恐慌又有些激动，不经意就想到了草木皆兵这句成语，想不到微不足道的草，竟还有令我心旌摇动的一面。

这些草，有着无处不在的生命力，它们不受地域的限制，不论天南地北，还是沙漠高山，只要有一点生存空间，都能生长，平常得不能再平常了。正因为如此，它们才会默默无闻地给荒凉带来生命，给贫瘠补充营养，给繁华做个铺垫。我眼前的它们，也是年年自生自灭在山坡，却年年不改本色。依旧春来青绿，装扮美丽的自然，预示生命长青；秋去枯萎，凄美地化作春泥，给人以生命生生不息的启迪。

虽然它们的地位卑微，比不上花的妩媚和娇贵；虽然它们身子柔弱，也比不上树的坚强和高大，但它们同样是生命，虽然渺小，却在无声处显禅机，在这个世界上，没有任何植物比它们更广泛更扎实。有了它们的衬托，花才显得鲜艳妖娆，树木才显得有分量，自然有了它们才会多姿多彩，人类才不会陷于单调和孤独。

它们是柔弱的。风吹来，它们就起伏、晃动，看似弱不禁风，实则风也奈何不了。若是扒开一根草，就会见到它的根茎牢牢地扎进土地，在地下盘根错节，若非人为因素，它将栉风雨，沐日月，完美地过完一季生命。所以这些弱小的存在，给了美丽的花以衬托；给了蝴蝶翩然起舞的舞台……

现在正是秋天，尽管这些草都走过了生命的旺盛期，但我知道，它们曾经青春过、美丽过、微笑过。当风的吹拂挡住了它们在岁月中的美丽，却依然让我想象到那些过去的岁月。因而，我的心情不会沮丧，一切感觉随风飘浮，真的、美的、善的都溢于言表了。

草丰富了我们的世界，居功至伟，但很少讨人喜欢。它们几乎被我们视为杂物，被我们不屑一顾，甚至嫌它碍眼就将它铲除掉，它们可以说是手无寸铁懦弱无辜的。我曾犯过这样的错误，我的门前有一块空地，长着一些草，我嫌它不雅观，就铲除了它。待铲除后，我才发现那空地更加凌乱，有伤大雅，似乎缺少一种生机。我不见了曾在草丛间飞舞的蝴蝶，还有夜晚飘舞的萤火虫，甚至那些蛰伏于草丛的虫子。这些有生命的东西，全因我的作为而销声匿迹了。

　　草有时也是无比珍贵的。我听过这样一个故事：一个地处雪域高原的边防哨所，驻守在这里的官兵，终年难以见到绿色。一次，士兵们训练，一位士兵的腿抬起来，却不愿放下去。班长问为何不放下，士兵说，下面是棵小草。士兵们闻讯，纷纷围拢来，将这棵小草当作宝贝一样呵护起来，班长甚至还指令专人保护它。雪域高原，茫茫白色，寸土难寻，出现这样一棵绿草，引起士兵们的顶礼膜拜，不能不说是对生命的一种尊敬。

　　我周围的这一片草，从春天里走来，即将走向它生命的尽头。它们的茎秆之上，是一串成熟的穗子，成熟意味着消失的来临。秋风一起，穗子上的草籽就随风飘荡，飘落到任何一个地方，明年它们又将新生。在这一片草丛里，我似乎听到了草籽涅槃的声音。我不知道那声音——自然的声响，为何竟是这样美妙？

　　所以，人只要忘我无我、了无纤尘，是很容易达到某种境界的。想此，我倒愿意成为一棵草。

有思想的芦苇

一条土路弯向田野深处，时已冬天，因事我要从这里经过。这是在上午，云层将天空压得很低，偶尔云开，也只露出一点惨白的冷光。空寂的田野上，寒风凛冽，寒意逼人。几棵早已骨感的槐树，孤单地立在路边，间或飞来几只乌鸦，停在枝头，旋又带着嘶哑的鸣叫，惊慌地逃进村子……

这些风景凝重、压抑且伤感。我在中间行走，心情沉重且冰冷。毕竟是冬天了，色彩不再斑斓，大地显得严肃，天空被伤悲覆盖，脸上写意着落寞，这倒让我想起了春天、秋天，甚至夏天。但这些表象却是冬天的本色，不可或缺或者改变。

我每天都得生活，每年都得面临冬天。我不可能为逃避它放弃现在的生活，买一张单程票，逃到一个没有冬天的城市，开始新的生活。我常常这样想，冬天只是一个自然的过程，是人必须经历和面对的，冬天来了，春天就不远了。所以，在冬天，我把自己热血的身体包裹在厚厚的衣服里，与寒风打招呼，与寒冷相拥。

路在蜿蜒，脚步有些沉重。冷清的路上一个人影都没有，我想说话却没有倾听者。路冷漠，我无语，也更孤独、沮丧和无奈。我就两手叉腰，低头走路。忽然听到一声微弱的呼吸，隐隐地，像一只羽毛在心尖上掠过。怦然心动，欲去寻它。一抬头，就看见了前面池塘里的那片芦苇。猎猎寒风中，那里像是一片刚打完仗的战场，芦苇像是一群被打败了的士兵。芦苇死了，一片狼藉，令人寒风在它们躯体上肆意砍杀，沙沙的呜咽中，我读出了呼吸来自那里。但我又分明看到它们一声不响地在沉默，显示着本性的刚强。它征服不了自然，也改变不了宿命，表面上看是一种无可奈何，实质上却孕育着新生。那一声呼吸，该是新的生命降临吧！

面对这片芦苇，自然想到来年的春天。一塘碧绿的春水，一片葱绿的芦苇，是多么诱人的风景。想象着"鱼戏芦苇东，鱼戏芦苇西"的画面；鸭们无拘无束地在其间捉迷藏；塘边浣衣的女人，在春波荡漾里梳理云鬓；那些后生躲在芦苇后面丢一块石头激起层层涟漪……年年的春天，年年的芦苇，年年的风景，年年的变化，芦苇不可能只是一种陪衬。

我想到了人。人生很多时候亦如这些芦苇，有太多的无可奈何。每个人都参与过，惆怅过，落寞过。当我们被岁月和生活征服或者改变的时候，都得裹紧身子，把自己藏进冬天里，让心在冬天的泥土里沉寂、冷静下来，积聚动能，把握良机，以守住信念，守住本分。

走近芦苇，却发现池塘已经干涸，芦苇也正在一点点腐烂。它们的组合，正构成着池塘冬季失意的风景。我无法抚慰它们的灵魂，就在心里为之超度和祝福。因为我知道，所有这些都只是暂时的，可以料见，明春的池塘定会蓄满一塘诗意，那些在腐朽之上新生的芦苇，摇曳在春风里，一定是一行行诗。我也知道，芦苇还是芦苇，却不是先前的芦苇了。恍惚间，我也成了一根芦苇，是一根有思想的芦苇。

帕斯卡尔在《思想录》中写道："人只不过是一根芦苇，是自然界最脆弱的东西，但他是一根有思想的芦苇。"人是什么，人在生活这个大池塘里，也如一根根的芦苇，都很孱弱。但人又比芦苇坚强，柔弱中又有着无穷的韧性，那种于虚无中自己都意识不到的韧性陪伴着人一路走来。因此，一方面，人总是胜过芦苇；另一方面，人也不能主宰自己的命运，比如，面对突如其来的风暴，有时根本无力对抗。

这片芦苇死了，但精神没有死。我们知道，一根芦苇容易被风吹折，那一簇簇、一片片的芦苇就不是这样了，它们结成群，众志成城，风雨同舟，是一个坚强的集体。因而风吹不断，雨淋不垮，造就一个气势磅礴的壮观景象。这时候，芦苇一点也不弱小。

路上走来一群放学的学生，叽叽喳喳，让寒冷的路顿时有了温暖。人生的路很长，他们这一群有思想的芦苇，前途远比我广阔，远比我深远。我得走了，我不想站在这里成为一根芦苇。我这根有思想的芦苇，应该融进更多有思想的芦苇中去。

人在云之上

记得小时候，有一天，我一个人坐在门槛上，听到飞机的轰鸣声就禁不住站起来抬头仰望，天上的云太厚，终究看不到飞机，只能追随声音移动眼睛，直到它没了踪迹。那时我便想，云就是铺在天空的路，只能由飞机在上面行走，总有一天我也会坐上飞机，在云之上行走。

读古典名著《西游记》，印象很深的是孙悟空飞上云端，腾云驾雾，手搭凉棚，俯视八方。心就想，吴承恩的时代，不可能有飞机，他只能借孙悟空将思维拓展。

若干年以后，因为与朋友们一起向往北方一个美丽的海滨城市，我们把自己流浪到了天上。其实，到那里，出行方式很多，但我们都有一个童年梦想，在心里不断地升腾，不断地撞击，促使我们还是坐飞机出行。虽然心怀目的各有不同，而我将心情放逐于天空，与它们一起流浪，至少于旅途中不是落寞的，这种感受在飞机跃上云层时，表现得尤为直接。当一系列诡异的云彩被阳光照耀着呈现出不同的景致时，周边是一片惊呼。我就感到，思想里的流浪情结，以及放松的心情，至少不是我一个人的。

　　穿过长长的登机廊桥，恍惚是在穿越时光隧道，马上我就要从现实中飞离地面，进入一个能奇思妙想又有些空幻的天空了。但这只是暂时的离别，几小时后我又终将回归，而在空中的短暂时光，又将我与现实拉开，似乎我又将要开启一个全新的世界，这是不是又一个时光隧道呢？一切可想，一切又不可想，云在天上，人在云上，是个怎样的感觉？

　　飞机徐徐滑行，接着又渐渐升高，整个人随着飞机离开了地面，就升到了飘满浮云的空中。在震耳欲聋的轰鸣声中，侧视舷窗外，机场、塔台、房屋、田野、山峰、河流等已经渐行渐远，都成了恍惚的影子，这让我有了隔世之感。飞机入了云层，舷窗外漆黑一片，只有舱内的灯光和一群旅客的嬉闹声，才让我相信还是在人间。

　　不一会儿，飞机穿越了云层，舷窗之外，蔚为壮观的白茫茫云海，在金色阳光照耀下，正呈现着千姿百态的景象，令人叹为观止。难道这就是佛传说中的莲花之境？我不断地点头又摇头，无奈不能走出舱外，做一回莲花之境的游客，我能做的只能是静下心来，敬重这些纤尘不染的白云。

　　看着舷窗外纷纷擦过的它们，仿佛觉得，这飞机好像懂得我的心思，故意在当中穿行似的。多想裁一片白云，给我当个披风，让我在这逍遥九天之上，忘却滚滚红尘带给我的烦忧和苦恼。多想有一匹御风而驶的白马，驾驭着它，在这个莲台之境，让我悠闲地四处逛逛，或者引领我进入天堂。我甚至还想，与其远离尘嚣，天上就能让人的心情须臾之间抛弃沉重的俗念得到淡定，不如就让我一直待着。在高空之上，白云之中，各种各样的念头稍纵即逝，但心情很淡定。

飞机将降临目的地，正要再次穿云回归地面之时，我又看了一眼舷窗外，只见三两颗星星镶嵌在一匹光滑柔软的蓝缎子似的天空上，正调皮地泛着光。而天空澄明，纯净得不掺杂一丝的纤尘。那些晶莹洁白的云，像仙女的衣袂，蓝天下悠然地挥来挥去，不断地变幻着一个个奇异的图案，令人陶醉。如此只能天上有的美景，对于走过诸多人生的我，充满着新鲜和神奇。眼睛紧盯着舷窗外，直到飞机又入云层，飞出云层，看见地面的山川、物貌和清晰的跑道为止。

生为人，行走人生，总是充满着憧憬。而当红尘受到羁绊，或者遇到坎坷和苦难，有时也会束手无策，一些烦忧、失落，绝望就会袭上心头。一些人，可以走出来。一些人，就要人来指点迷津或者用物事来超然。我是后者，坐飞机之上，于我应该是一种修行。

飞机一着地，我又回到人间，但心依旧在云上行走。

清水河的白杨

　　我到五台山去，沿途经过一条河流，看见一座桥边的标志，才知是滹沱河。因是冬季，河里只有一脉细水，两岸稀稀拉拉长着一些树，是些白杨树，间或有些槐树或者枣树，都脱光了叶子，那些光秃的枝丫就疏朗着灰蒙的天空。高一些的树上都有或大或小的鸟窝，隔一段一个，没看见鸟进出，只看见空中飞来飞去的一些乌鸦。当时并没看见山，远方有山的影子，山顶还能看见一些白，那是前几日没融化完的雪。

　　走了一段，地势不再平坦，眼前也不再一览无余，就有些山立在高速公路两旁。开始看山势有些舒缓，往里深了，山势就渐渐巍峨起来，可以看见冰缘地貌的痕迹。当那些大大小小的如牛如蛙的石头或者如刀削斧砍的山峰迎面而来，使人不得不敬佩大自然的鬼斧神工。

　　沿山而流的是清水河，它注入滹沱河，同样是一脉细长的水，清澈得能映见蓝天。两岸白杨树居多，间或可见一些白的或者灰的羊群，却看不见牧羊人在哪里。山脚下，低矮的屋子上方，烟囱突突地冒着黑烟。屋外的白杨树下，总有一匹骡子、马或者驴子，或哼哧哼哧着或低头嘴嚼或静立着长思。这些物象是无须着彩的水墨山水画，很美。

这些都是冬天的景致，这个季节清水河两岸白杨树的丰姿还看不出来，所看到的都是笔直的树干和树干上面光秃秃的枝杈。若是春天来，景致就会大相径庭，到时山会葱茏，水会丰满，白杨披上绿装，阳光流泻在绿叶之上，整个沿河蜿蜒而上的白杨，就是一条盘旋直上五台山的绿龙了。

一路上，我对清水河的白杨产生了兴趣。以至下午到了五台的台怀镇，等别人在旅社休憩时，我还特地从旅社跑出来，到清水河边看白杨。这些白杨，都高大敦实和厚重。下午的太阳似乎很浓，它明媚地洒在河里，河水泛出金光。洒在白杨树灰白的干上，由于没有了紧密的树叶，它就从稀疏的枝丫间落到我身上留下斑驳。风在树顶经过，嗖嗖的，令人感到有些冷。但在阳光下对比傲立的白杨，冷竟然也算不了什么。

仔细看一棵白杨，就发现白杨树身上有许多眼睛，再看其他的白杨也都有。这些眼睛很简单，上下两道眼线，中间一颗实心眼球，只是没有睫毛，都很自然真实。此刻我们彼此注视，只是我眼里尘世的烟火太浓，而它的眼里却是沧桑和空灵，有看破红尘的淡漠。在这些眼睛里逡巡，我不知它们是否看见我内心的秘密？在这个世间，它们注视或者洞穿过多少人的内心呢？在这些眼睛里行走，我不害怕，因为我知道，这些眼睛是它们成长的疤痕，树龄越大，疤痕越多，它们就以疤痕的方式成长为伟岸的白杨。

白杨树其实是很普通的一种树，在北方的大地遍地都是，在我所在的南方，田间地头也经常可以看到。但它却又是很不平凡的一种树，因为它的英姿飒爽；它的气质美好，正直和坚定；它有不畏干旱与严寒的意志和信心；它有乐于奉献、甘心付出的高尚情操；等等。然而它的不平凡还在于不刻意讲究生存条件，只要有留得住草根的地方，就有它的身影，从不挑肥拣瘦。它不追逐雨水，不热恋阳光，不要人浇灌，一直自由地生长，显得如此的与世无争。作为人，从白杨树身上，我们该汲取一些什么呢？

在五台山清水河边，在密密匝匝的白杨林间，在凛冽的寒风中，我仰望白杨，只见它们棵棵都笔直向上，仿佛在无形中昭示着一种力量。这应该告诉我，不要屈服于环境的恶劣和时运的不济，努力向上，坚强起来，曙光就在前头，就在高处。似乎我听清了这些声音，它们在我胸中鼓胀，将我的胸怀溢满雄健和苍劲。我无语，不由自主地抚摸着白杨树，竟泪流满面。

忽然在风中，在白杨树之间，我发现枝头密布着蓓蕾，就想不久，它们定会绽开嫩黄的芽儿，那时该是另一种风姿，这很让人向往。眼下白杨还在凝聚体力以脱离寒冬，也将我的内心撩拨，便我隐隐地感到有一种力量在体内升腾。我的呼吸慢下来了，生命和生活似乎也慢下来了。

呼吸着白杨树的气息，觉得我也站成了一棵白杨，而此时，正有一只黑色的鸟从稀疏的枝丫间慢慢划过……

石莲洞的春天

　　石莲洞老了，而且很老了，老得我几乎不能辨别它的年龄，其所经历的岁月，当然无从知晓，也就不知其中的况味。站在洞前，就看到，那洞上面的植被，风吹过，雨淋过，阳光镀过，不知更新过多少代了。而洞还在静默着，岁月这把柔韧的刀丝毫没有侵害到它，它依旧高深莫测得如一位修行的智者。

　　洞里还是一如既往的幽深，只有洞口被日光搂着才有些模样，往洞里去就不知深浅，多少显出些神秘来。借着些微的光亮，我踩着湿漉漉的地面，在洞内摸索着行进了一段。但好景不长，前一阵子的雨水，使得黑暗的洞深处水汪汪一片，依稀发出一些冰冷的光，这就拖住了脚步。我只能摇摇头，失望地回到洞口。

　　阳光还在洞口挥舞着浓情，不停地从洞上方的树木上落下来，又使得我身上有了金灿灿的光芒。四围寂静，几乎听不到一点声音，但我似乎听到了一些声音，都是落叶树木的树枝上那些树疙瘩鼓胀的声音。顺手折下一枝，看到这些树疙瘩都探出了绿色的头，就想着过不了几日，春风一吹，它们就又会挥舞着小手迎接这个世界了，这真是美好的事情啊！可我放下树枝，似乎又听到了来自更加遥远的声音。这声音在我的头顶晃荡，伸手却又挥它不去。只好抬头仰望，觉得声音来自洞上方岩壁上刻的"石莲洞"三字，隐约中就看见这三字被一个叫罗隐的唐朝诗人正专注地刻着。正想着去与他打个招呼，不料一移步，罗隐竟然不见了，我只能一声叹息。

罗隐是唐朝人，为避兵乱，辗转来到宿松。见石莲洞风景秀丽，是个绝好的栖息修炼之地，就在此住下了，并写下了许多诗篇，其中就有"解舟随江流，晚泊古淮岸。归云送春和，繁星丽霄汉。春深湖雁飞，人唤水禽散。仰君邈思亲，沉沉夜将旦"的诗。洞前不远有一个挹仙台，起初不知何意，经宿松的朋友讲，才知是罗隐在此地经常邀约八洞神仙坐谈论禅的地方。何谓八洞神仙？原来洞内当时住有何仙姑、蓝采和、吕洞宾、曹国舅、铁拐李、韩湘子、张果老、汉钟离这八仙，八仙虽只是个传说，但洞内石乳生成的他们却个个栩栩如生，这又怎么解释呢？

看着岩壁上的"石莲洞"三字，也就想洞以石莲为名，多少跟莲有些关系。翻看资料果然知道了一个传说，原来很久以前，二郎河边，有一颗长得像船一般巨大的石头，经常有一些牧童在上面捉迷藏。一天，有一个牧童将鞭子插在石上，并系上手巾当船帆，坐上去摇起船来。不料这下闯了大祸！刹那间，天昏地暗，狂风怒号，飞沙走石，地动山摇，这时山上的众多精怪也趁机兴风作浪起来。此刻，观音娘娘正在巡视，发现情况危急，急忙掏出一颗佛珠朝这地方打来。顷刻，地动山摇，船形石裂为两截，飞起的石屑在山上凝成了一朵石莲花，而石莲洞就是观音娘娘的佛珠之珠孔。这就是石莲洞的来历吧。

　　传说毕竟是传说，因我所处的位置，丝毫看不出此山是否具有莲花形，可不论如何，都不能改变石莲洞以石莲之名客观存在的事实。自从有了石莲洞，就有了后来以至更后来陆续到达的人，也就是这些到达的人，才使得石莲洞有了很丰厚的文化内涵。

　　暖暖的春风忽然吹起了，它拂动了我的思绪，也使得山上的树木一阵喧哗，就疑是什么人的脚步声或者是私语声。隐隐里我就有些模糊，似乎看见东晋的诗人陶渊明走来了，走在身后的有唐代李白、罗隐、宋代王安石、苏东坡、陆游等，还有坐在一边著书的南朝昭明太子、参禅的禅宗五祖弘忍大师等。再接着又有三国孙权、刘备，明朝的朱元璋在此屯兵驻扎。而悬崖绝壁间似乎还晃过了李时珍的身影，还有很多很多，遗憾的是我不能一一列举。看眼前石莲洞风景如此优美，我想他们应该也是看重了这里，几千年的时光弹指间就过去了，他们虽已远去，但留下的却是他们的真迹和不朽的诗篇，这应该是他们沐浴过这里的阳光和经历过这里的风雨使然。

　　别的我不多说，就说弘忍大师，我坚信他一定是在这里炼心修禅的，还坚信他在这里传授过佛法。或许那时的条件没有现在好，风餐露宿是常有的事，但苦也乐着，这就是常人难以达到的了。弘忍做到了，所以才被人挂念至今天，并且还将永远，这么说来，他已经不是一个人的了，而是属于一种精神，也与禅化为一体了。

　　不妨沿着山石砌成的路，去寻找弘忍的踪迹。我就从石莲洞的一侧一路上行。石上榆被我发现了，这是极为珍贵的榆科落叶乔木，它长在石头中，根系早就与石头融为一体了。石头上一根藤蔓像蜈蚣一样紧贴着石头向树干攀爬，它下面密布着暗黄的苔藓，而周围树木丛生，绿色点缀，又不失为原生态的一幅画卷。再往上一点就是佛坐石，偌大的石头，如一个座椅，上面也是苔藓密布，露出些许沧桑。传说当年弘忍大师五祖经常坐在石上授法讲经的。附近又有神虎石和仙鹤石，听其名，应该是有些来历的。陪同我们的宿松朋友讲，一天弘忍大师正在山上聚精会神地念经，被一群饥饿的野狗看见了，就想分而食之，在千钧一发之际，天庭中金光一闪，降落下一头猛虎守卫在弘忍近旁。野狗们见此，吓得逃之夭夭。后来，为了守卫弘忍，神虎不走了，就化作石头陪伴起了弘忍。而仙鹤石，则是一次弘忍在参禅说法，引得百鸟群兽前来谛听，大师念这些众生虔诚，特点化了仙鹤。再往上又有五祖亭，亭边立有一块破裂的碑，碑文写的是五祖的自咏诗。俯下身来，我一字一字地将诗读了出来："垂垂白发下青山，七岁归来改旧颜。人却少年松却老，是非从此落人间。"反复吟咏几遍，才觉得字里行间都抒发着禅宗的质朴风范和乐山情结，放到今天我们仍然能从中汲取一些东西。

天色向晚，石莲洞的景点还有很多，可惜我不能一一走完，只能留些遗憾。下山后，我在石莲洞景点大门前，回望石莲洞方向，似乎看到了弘忍，觉得他就是一棵树。一千多年前，弘忍从湖北来到这里，就以这里为家。这里，二郎河水托着河西山，河西山又托着弘忍，像托着大地和高山。如今满山的遗迹和传说，凸显着历史的踪迹。所以我以为，弘忍虽远去了，但他的名字还刻在一个叫石莲洞的地方。

我到石莲洞的时候，是在弘忍远去千百年后的春天。风中早已有了暖暖的感觉，周边不落叶的树木依然青翠，落叶的树木有的鼓胀着绿意，有的绿意已跃上了枝头，我就想着，石莲洞过不了多久，就是一个绿意盎然的世界了，这应该就是石莲洞的春天，但我心里祝愿它永远都是春天。

人生如同过裂缝

　　那一缕光从头顶上方泻下来，给在幽暗裂缝中攀爬的我，明示着蓝天仍然在高处，退回去深不可测，已不可能，而出路只在明亮的高处。朝着光亮，我不回头，只是暂时停下了攀爬的手脚，仰起头张着嘴，对着裂缝大声地呼喊，声音很猛地撞击着两边的砾岩，又被它们柔软地挡回来，变成了悠长的声调，缓缓地在裂缝间游走，更增添了裂缝的幽静。

　　一股风又悠悠地从上方的亮处溜过来，听不见它的声响，只觉得流汗的脸颊，像被小猫的舌头舔过，凉飕飕的，血脉里马上就涌起了一股惬意。它使我的大脑像一个高速旋转的陀螺，从最初的浅浅萌动，一直绵延到最深处的如痴如醉。忽然觉得，钻进了这个裂缝，我渺小得如一只蚂蚁了。

　　的确是蚂蚁了，看紧贴身体的两边山体，没有一块坚硬的岩石，全都是有一层直径大于2毫米的碎屑和一层胶结物构成，它们层层堆积，一直堆积到更高的高处。在高处也有很多的口子，遍布其上，大的能容千人，小的仅容一人。那些口子，我怎么看都像是无数个大小不一的蛤蟆张着的一张张嘴巴，都似乎想对所有来的人叙述一些什么。再往上就是顶部了，那里由于有植被覆盖，真的是一座山了。可在这些植被掩盖下，这山却被岁月的雕刻刀划过，就留下了这道深深的裂缝。山应该是有生命的，我想，那山一定很痛苦，我在它的痛苦里攀爬，给自己带来快乐的同时，也给山增添了新的痛苦。那无数人的攀爬，无疑又使它的痛苦往更深里走了。

　　我站在裂缝里仔细查看，砾岩上雨水冲刷的痕迹非常明显，这已经非一日之功了。时光回到亿万年前，这里应该是一片波涛汹涌的大海，后来地壳的隆起，大海的退去，才形成了陆地。又由于雨水经久的冲刷，将山体从中间冲裂，成了一个大裂缝。后来人们知道了，就络绎不绝地前来，除了感叹大自然的鬼斧神工之外，应该还会领悟到这裂缝所启示的东西。

　　身处大裂缝中，我不由得联想到人生。我们从出生的那一刻起，就面临着坎坷，也意味着今后人生路上，会面临着更多的坎坷。这些坎坷，就如一条条的裂缝横亘在人的面前，面对它们，我们不能退缩，只能攀爬过去，才能享受到胜利的喜悦。

　　我得继续向上攀爬了，拐过一个弯，抬眼望高处，就看见有人已经拐过了一道闸，向着更为险峻、更加窄长的二道闸攀爬了。再回望，更多的人还在由一层楼高的砾岩壁上向上运动。要知道，那根本不是路，都是些人工在砾岩上钻出的很小的石凹，上来容易，下去就不简单。再往上面，想象着应该也全部是这样，这样更好，可以诱惑我去征服。

上行的攀爬果然如此，沿缝的两边都是峭壁撑天，怪石嶙峋，几无路径。有人在两边的砾岩上打上了一小段铁棍，或者在一侧安上铁环，中间穿过坚硬的绳索，往上攀爬者也就多了方便，省了许多力气。我在上面攀爬，耳边似乎听到了更多的声音，再侧耳听听，又什么没有听见，这就怪了，难道有什么魔力吗？

其实，根本不是魔力，在一个叫"点将台"的地方，我顿悟了。隐隐里我就感到明末农民起义军那个号称八大王的张献忠，为躲避清军的剿杀，仓皇地躲藏到了这里。只是时光一晃就是几百年，当年的他们早已不可寻，留下的都只是一些当年的印迹和传说了。如今物是人非，也只能遥想起当年。

过了好久，我才来到三道闸。这时前面攀爬的人，不见了踪迹，后面的人也只是"但闻人语响"了。我又歇下，看了看这个闸，只见它上下有三层楼高，几乎无处落脚，就想着它应该比黄山的"鲫鱼背"更险一筹。没有退路了，因为身后是万丈深渊，脚下又是峭壁阴森，只能横下一条心来，循着人工开凿的石凹，手脚并用往上攀爬。终于我攀上了足有两米高的天梯，又越过只容一人过的缝隙，抵达了裂缝口。阳光一下涌过来，将我镀得满身金光，俨然是在褒奖我这个胜利者。而几只鸟在树上唧啾，就更疑是一支祝贺的乐曲了。

坐在裂缝口，山风拂来，让心立马就静了下来，也就浮想联翩了。人都是忙的，我也是忙的，可我在忙中亲近了大裂缝，这比很多人得益了很多。这不，我就深刻感到了大裂缝是大自然给山体留下的伤口，而我从裂缝里经过，在感受山的痛苦之时，也自然想象着人生遇到裂缝时的痛苦。我也想着，人只要乐观地面对或者迎接人生的裂缝，人生之中哪有抹不平的裂缝呢？！

岩石上的树

从乡村采风回来，就一直想着村里那石山上长着的树，也想着要给它们写点文字，却始终没有写出一个字来。这怪不得我，谁叫这些树深深扎进了我的血脉，日日夜夜浇灌着我，给了我巨大的影响呢？

现在正是雨过天晴，阳光哗啦啦地从天空倾泻下来，遍地都被染成金黄色，这让刚经历过一阵阴雨天的我，精神又被重新唤起了。我高兴地对自己说，得推开窗子让阳光进来了。然而刚一推开窗子，我就看到了对面楼上的一棵小树。此时阳光镀在那些嫩绿的叶子上，使得叶子神采奕奕，而且都在闪着灵动的光。我纳闷小树生长的环境这样恶劣，怎仍能这样快乐呢？不由得就想起在那村里看见的石山上长出的树。

那天是阴雨天，我被人领着去看石山。石山不高，遍山都是岩石，在这些岩石之上，密布的就是大小和粗细不一的树。看到它们，我就惊奇这座石山的魅力了，不知道它用什么招数，竟然让这些树在上面恣意地生长。想上去走走，可石山竟无路。问过陪同的人，得知当地人上去都是攀爬岩石。而下着细雨，岩石又湿滑，我不得不断了念头。

只好围山打转，在转到一半的时候，就看到一处岩石上的几棵树。只见灰褐色的岩石上，缝隙明显，一些苔藓绿得深沉，掩盖着一些缝隙的神秘。一些苔藓早已干成了疙瘩，附在岩石上，显得时光的无情，增添着世事的沧桑。

顺着苔藓往上，就是岩石的顶部，上面错落着几棵树。陪同的人笑着说，它们应该是一家，粗一点的是丈夫，细一点的是妻子，小的就是孩子。这话说得真有趣，使得我笑着在岩石下停住了脚步，仰头而望。树的名字我不是很清楚，只知道粗的树搂抱着细点的树，细点的树，看似很甜蜜，做着依偎状。小树长在两树之间，似乎在受着两树的保护。这树的一家甜蜜温馨，令我想着，我们有些人家的幸福，在它面前恐怕都是甘拜下风的。

我怀着尊敬的心情，从上向下地阅读它们。这一阅读，又让我惊诧了。原来粗树的树根牢牢地扎进了岩石，撑开着周边很多的缝隙。我知道，它是以自己的力量，让风带来的尘土积淀，让雨水进来湿润着尘土，让细树的根拼命扎破一些缝隙，寻找到它的粗根，与之一起盘根错节，它们的根之上，正生长着小树。这生命的原本和壮观，一时就让我愣住了，我不知道这力量来自哪里，是生命的本能，还是环境的逼迫？我也想着，这些树的来历、出身和成长的环境都由不得自己，或许它们生在优越的地方，早就是参天大树了。可是它们不论是被风吹来，还是被鸟衔来落在了这里，本身就注定了它得比别的树要付出更大的努力。面前的它们，枝繁叶茂，就是一个很好的说明！尽管我看不到它的过程，但它们顽强不屈地生存到现在，还需要我去了解吗？而世间有些人，一旦遇到困难，总是叫嚷着条件的艰苦和环境的恶劣，不再努力进取了，这实在很可悲。换句话说，有些人实在不如这些树。

小的时候，我看见过家里院墙上长过一棵小树。曾问母亲，这树怎么长在了墙上。母亲告诉我，因为墙上有一点土。我听了就跑过去看，果真在它的根部发现了一点土。熬过几个冬夏，它竟也有手指粗了，就在我揣摩着它能长多大的时候，隔壁人家嫌它碍事，游说我家后就将它砍了。为此，我曾闷闷不乐了好一阵子。

对面楼顶上的树，也应该是风吹上去或者鸟衔上去的种子。因着土壤、阳光、水分才成长为一棵树，这与岩石上的树，院墙上的树，成长的原因应该都有着相似之处。比照它们的成长，历经的风雨，我以为，我们有些时候也应该如树一样具备坚韧的品性，可惜往往被我们忽略了或者根本做不到。

想起这些树，我的内心就像被什么深深地触及着，五味杂陈。阳光随着风吹进我的窗户，楼顶的树也随风摇曳着，像是在欢快地舞蹈。披着一身阳光，站着看它，仿佛我自己也站成了一棵树。

三义石

在一个峡谷，行不远，我就看到了溪流中三块整齐横卧的大石头。峡谷幽静，石头静默不语，我也站着静默不语，唯有水流的声音在耳边滑过，撼动着峡谷的幽静。我反复看着静静卧着的三块大石头，觉得与我在峡谷此刻的心境很吻合。我知道，这三块石头应该是某一次的山崩从高山滑落或是水流运动而来的，又历经若干年的水流冲击，才变得如此棱角全无圆润溜滑。面对石头，我被触动着，那耐得住寂寞、守得住清贫、抵制得住诱惑的态势和忍受得住日复一日风吹雨打、水流撞击的屈辱，已经被我借助想象的力量，深深抵达内心。我忽然明白，这些石头以它的不语，在向人类昭示生命的意境啊！

身边来来往往的游人，他们走马观花，许多人仅仅是看一眼，甚至连稍作沉思都来不及，就又错开了一次与沉默石头对话的机会了。那些游人经过，看到的仅仅是三块石头，然后极快地移动而过，仿佛亿万年就是眼前的一瞬。但石头立在这里却是长久的，它们看过无数走过的人，也将看到更多经过的人。如此，石头的境界高，比人看得更远。

三块石头一般大小，都比周边的石头大了很多，它们并列在一起，亲密无间、不离不弃、情同手足，我想着它们应该是兄弟了。很早的时候我就看过《三国演义》，书里面写的刘关张桃园三结义的故事至今难以忘怀。在三块石头前，"桃园三结义"的名字就突然从脑海里蹦出来了，就叫"三义石"吧。我很得意我取的名字，猛一抬头，竟看到岸边一棵树上，悬挂的牌匾上写的就是三义石，不禁哑然笑了起来。我又看石头，可谁是谁，我却对不上号。就不管它谁是谁，只认为它们并列着，看谁就是谁吧。

我又叹起大自然的鬼斧神工，它在无形之中用绝美的手笔，留在石头上给予了我们一些思想。我不能看到大自然以什么样的姿势或者出于什么目的来刻画，仅知道眼前的石头是沉默的，这难道就是大自然凌驾于石头之上的沉默的思想？然而大自然不是人，或许大自然根本不会想到这样工作的意义，更不会想到创造的成果会让人来联想。它日复一日，年复一年不知疲倦地刻画，是刻画一种美好的愿景，还是刻画一种神圣的生命状态？而我仅仅知道的是大自然依旧在刻画，还将继续刻画。

刘关张不曾来过天峡，是溪里的三块大石头又让他们复活。这里溪谷幽静，一切都是清净自然的，哪里容得下三国时代的诸侯争霸。可眼前有了三义石，分明又让我看到了战争。那些溪水或许就是永不言退汹涌而来的士兵，三块大

石头当然就是抵挡的将军了。眼下溪水平缓，一波一波地流着，在石头前不会卷起冲天的浪花。可我依然想象得到，一旦突遇溪水暴涨，愤怒的洪水在石头前会掀起怎样的波涛？我也知道，不管洪水多猛，三义石依旧坚定，尽情地让洪水在自己身上恣意地舞蹈，那又该是怎样震人心魄的场面？

三义石是大自然的产物。它们从远古走来，经历过裂变、磨难和阵痛，无怨无悔地一直走到今天，而且还将会继续走下去。这不就是它们用博大胸怀，在真实地演绎着昨天、今天和明天吗？

看着三义石，我久久地陷入沉思，恍惚间把自己也当作一块石头，想着是第四块石头，与三义石结盟，成为四义石。但我知道石头们不会接纳我的，我只能将三块石头搬进我的心间。我将以我的血脉把它们擦拭得干干净净，然后让它们照耀我的人生。

峡谷有三义石，三块石头是真的，第四块为虚拟的，那就是我。

树长在树上

　　沿峡谷的溪流七拐八弯，有意无意地朝溪一瞥，就看到这样的一棵树。

　　这是怎样的一棵树啊！树桩上驮着两棵树，一棵树长在了树心里，一棵树长在了它的背上。看起来树桩像一位慈祥和蔼的老者，已经被岁月的重负压弯了腰。而长在它心上的一棵树，像一把利剑深深地扎进了它的身体。另一棵长在背上的树，却像个调皮的孩童，挥舞着长长的手臂，做着骑马的架势，似乎是在高兴地赶着老者前行。而老者佝偻着身体，通体黝黑，褶皱深深，似乎浸润着岁月的印痕，但它分明已经死去了。而长在它身上的两棵树，蓬蓬勃勃，正焕发着青春的活力。它们被我看到，不由得想到了"新陈代谢"这个词语。

　　有人走过来，对我说：老树虽然死了，它的精神还在，所以还能影响着其背上的树。树真的有精神吗？答案自然有。这老树死了，它扎下的根基仍然撑开着地下的空间，让这两棵树有了发展的先天条件。而这老树生前的成长，肯定要比想象的艰难得多，只是我们不知道它克服困难的过程。可它已经长了这么粗了，怎么死的，我们不知道。我们知道的只是猜测的，这或许是山洪，或许是人为，或许是雷劈，或许是其他的一些原因。我们也知道，任何物种有出生就有死亡，新陈代谢覆盖着整个世界，一棵树的死亡，就有另一棵树的诞生。这棵树死了，树上又长出了树来，而且还是两棵，这更伟大，更特立独行了。

由此可知，自然规律不可违背，顺着它，就会自然而然地发展，反之，就一定会受罚。树遵循着规律，所以树上长出树来。作为人，更要遵循这个规律，只要细心观察大自然，就能从中汲取一些东西来。物竞天择，适者生存。人在做，天在看，这话说得不无道理。

这棵老树死了，仍在做着贡献。洪水如果来了，它用依旧坚挺的身躯，还在做着抵挡。风如果来了，它没有腐败的身子还在做着顽强的抵御。面对这样死去的老树，我没有理由对它不生敬意。我似乎听到了来自树的声音，是老树的声音，还是树上长出的树的声音，一时我还听不清楚。不过，我以为这三棵树已经连为一体，应该是它们共同发出的声音。它们混合着峡谷所有树的声音，构成峡谷特有的韵味。我很想让自己成为一棵树，与这些树一起奏响生命的强音。

树长在树上，我站在树前。我听懂了这些树的声音，它们穿透我的血脉，让我醍醐灌顶。

年　轮

　　走在一处峡谷里，不觉就走到了几根剖开的树桩前。起初并不留意这些外表黑乎乎的家伙，以为就是几个普通的树桩。试着用手扶住一根，没想刚一挨上去，树桩就猛地晃动起来，原来它并不需要人扶。只好松手，打量四周。一抬头，就看到边上有标志牌，上面写的是比比谁的年龄大，这才明白这些剖开的树桩立在这里的缘由。

　　与树比年龄，这真是个有趣味的问题。把人和树联系到一起，就让人产生诸多的联想。可人究竟是人，树究竟是树，两者却又不同，这关联到底在哪儿？我在树桩前久久地陷入思索，一阵清新的山风沿着山上那些浓郁的绿色拂过来，让我倍感清爽。突然就明白，那些浓郁的绿色下面都是大大小小、粗粗细细的树，它们茁壮成长着，都是鲜活的生命啊！人有年龄，树就有树龄，这两者从生命的角度来说，不就有了确切的联系？

　　这些树桩，尽管只有一截，且均被斜削成了三角形，但如果拼接起来应该是很粗的。我试着拂去一根树桩的灰尘，那一圈一圈的年轮就更清晰地呈现在眼前。这些年轮很细，又很密，是从一个黑黑的点不规则地一圈圈扩散开来。我一圈圈地点着数，不知这树有什么魔法，在我数到一多半的时候，竟然让我糊涂了，只记得了大概的数字。就不想数了，再数就没有了实际意义，因为已经数过的年轮早已超过了我的年龄。

阳光从树缝间透下来，斜斜地映照着年轮，那些光晕将年轮都擦亮了。我已经平静下来，如同这宁静的峡谷。树桩就在身边，年轮也摆在身边，不敢再看年轮，我生怕这一看让年轮又跑过一轮。我望向头上峡谷两边郁郁葱葱的山和山上面的天空，山是墨绿或者淡青的色彩，掩盖着山间沟壑的神秘，也增添了无穷的诗意。而天空似乎不再高远，就在山顶不远的地方，这与我在任何地方看到的没有什么不同。但在这个峡谷，尤其是身边树桩和上面的年轮，心情上的感受倒真的有所不同了。那些很明亮的想法，就从遥远的地方一起奔涌而来，一波又一波地撞击着心灵，我想说，却又不能语，只好站在这里。我能做的唯有沉思，只能对比彼此的成长轨迹。

我很奇怪，先前在看年轮的时候还惊讶，为何树的年龄用年轮来计算，而人是用岁来计算。还围绕着年轮一圈又一圈从不同角度看，企图看出一些深奥的东西来。可平静下来后，我就懂了，一切都在无言之中。清新的山风又一次拂来，我仿佛听到一种声音，是号角的声音，还是厮杀的声音？似乎都不是，就想着这应该是时光流走的声音了，终于我长长地叹息了一声……

十年树木，百年树人。树木的世界单纯，所以活得自在，成长也就不那么复杂。而人世复杂，红尘滚滚，人受到羁绊的事情就很多，莫名会产生一些烦恼，所以人的成长就远比树木的成长复杂。倘若人能在红尘里，抛弃一切恩怨，一切杂念，那人世该多么美好！人却往往做不到，在这一点上，人倒不如树木。

与树比谁大，应该是人的创意，我以为很有些新意。我比了，确实我没有树大。树木被人类残酷地砍伐了，成为与人对比的一个参照，这个意义上，它们其实死了。但我认为它们的灵魂没死，某种意义上还在冥冥之中启迪着人，这又很伟大了。

我比着的是死去的树，不是活着的树，而人的一生会碰到很多的树，它们生长着或者死掉，我不能全部将它们剖开来比。因而在峡谷，我比的已经不是年龄，比的是某种品质或者意志了。刹那间，我的灵魂得到了解脱，似乎它缓缓地上升着，渐渐地与树的灵魂融为一体了。

然而，我究竟不是树，也不可能长成一棵树。树依旧是树，不可能成为一个人。与树比着，只是我的意愿，不是树的意愿。我只能对这些树表达尊敬了，且允许我将它们请进我的心，用诗意漫润我今后的人生！

瀑布披风

在外面走走，总是能发现一些可以引发我联想的东西，甚至有了占为己有的冲动。这不能怪我的自私，谁叫它们所具有的特质，不经意就冲击我的内心，让我脆弱的情感堤防坍塌？不过，很多东西最终还是忘记了，只有那些刻骨铭心的东西，那些给心灵巨大震撼的东西，那些能深深影响或左右心情的东西，才会被我藏掖在心灵的深处。在我疲倦的时候，在我遇到困难的时候，在我徘徊的时候，那些东西就会自觉地涌上来，给我巨大的能量，使我能抵御一切，能看到灿烂的阳光。如此，它们真是我不能舍弃的朋友。

从岳西的黄尾彩虹瀑布归来，我最大的收获，就是又拥有了彩虹瀑布这个朋友，我把它当作我的一件披风。有了这件披风，人世上的路，我就不会再有坎坷。

我是这样遇到瀑布的。那天早晨，雨不紧不慢地下着，我不紧不慢地撑着伞走在幽深的峡谷。峡谷幽静，只有水流声、风过的声音、簌簌的雨声和游人纷乱的脚步声。远处一派混沌，分不清山峦和天空。近处的山，是一派被细雨洗濯后的清新，有淡淡的白色云雾在绿色中飘逸，像是一群仙女舞动的衣袂。这些美景吸引着我的目光，我在追逐着它们时，突然一望远，就发现了远方的彩虹瀑布。开始是绿丛中那么一点点，就怀疑是谁丢在山上的一块白布。它又是那样明亮，又怀疑是谁丢了一面镜子。渐渐地走近了，那块白布也就越来越大，那镜子也就越来越亮，但还是看不清它的姿态。而它的轰鸣声渐渐明晰，就听到疑似千军万马的声音，也由远而近了。这山谷里难道隐藏着军队？和平年代了，不可能有这样的一支军队的，那么就是瀑布了。果真是瀑布。转过一个山嘴，当那飞流直下的壮观，那冲天咆哮的气势直扑过来时，我不能语，就这样被彻底地征服了。

雨还是不紧不慢地下着，但那瀑布飞溅过来的强硬的水点，狠狠地击打到身上。顿时全身都湿透了，这难道就是瀑布给我的见面礼？这样的礼物，很有情意也很有诗意，我索性丢了雨伞，将自己融进了雨水和瀑布飞溅过来的水里。这一刻，我以为这道瀑布是我的了，就高喊，瀑布，我爱你。我拼尽力气喊的声音，瞬间就被瀑布飞溅的浪花吞没了，一点声息都没有。我又伸开双臂，准备拥抱它，可是它太大太高，我竟无法将它揽进怀。不然，我将会以我热烈的吻，温暖它，让它体味到我对它爱得执着。这只是我异想天开的想法，我愿意了，瀑布是不愿意的，它是大自然赋予世间的美景，不是我一个人的，它属于所有的人。

我想听到瀑布的回答。瀑布不是人，它不会回答，只会以它一贯重复的声音，永不停息地怒吼。或许我的诚意感动了雨，它们齐刷刷地对着瀑布呼喊，但都在瀑布前服软了，乖乖地缴械投降，成了它的一分子。还是算了，我不再苛求瀑布了，就在它的下面寻找大石头。我想以大石头当我的床，我日夜仰卧在上面，看着它，并聆听它的声音。大石头不曾有，只有数不尽的鹅卵石和河床上流着水的坚硬的岩石，它们不适合当床。看来，拥有这道瀑布，只是我个人的一己之私，我得彻底断了这个念头。

再往高处走，在一丛竹子前，我停住了脚步。一回头，竟发现竹子里面掩映的瀑布更美了。想着如果今天雨马上停了，阳光出来多好。这样我就能看到彩虹，那美丽的彩虹映上瀑布岂不更美了？雨还在下，想法不可能如愿，但我可以想象阳光出现时的彩虹，那一定是美丽至极的。所以，心里有了阳光，雨中的瀑布也会有阳光，也会出现彩虹的。

有山风吹来，冲开竹子，一路跌跌撞撞地奔向瀑布，就在我以为瀑布将要被风吹折的时候，风竟然被瀑布的水流撞晕了。只见它与瀑布接触的刹那，就生起了细细的薄雾，然后飞速升腾着逃开了。这一幕，让我目瞪口呆。也就在那一刻，我忽然滋生了将瀑布当作披风的念头。

漫漫红尘，经历的事情太多太多，我不可能一一使自己或者使别人如愿，这就带来诸多的困扰。有了这件瀑布披风，今后人生路上，它就可以为我抵御一些流言蜚语；可以为我提醒那些口蜜腹剑，心术不正之人；可以为我防范一些隐藏够深的闲言碎语；可以为我悬挂一块明镜，让我弘扬正气，做到清者自清……所以，看了这壮观的瀑布后，尽管我带不走它，但我却深深领悟了瀑布的精髓，它的灵魂其实已牢牢地渗进我的血脉，使我醍醐灌顶。

我以瀑布作披风，但这披风不是我独有，它也属于大家。

站在高高的大徽尖上

　　山一重又一重，路一弯又一弯。一路向上，都是深深的野草、斑茅和灌木丛。而这些都难不倒我们，在向导朱老伯的一路砍伐下，我们终于穿过忽高忽低的野草，进了大徽尖的山顶。朱老伯指着脚下的山峰说，我们已经站在了大徽尖上。真的是大徽尖？我被眼前突然而至的显然有些平庸的山峰蒙住了，不禁发出疑问。或许被朱老伯听到了，他笑着对我说，看看你的脚下。

　　还用看下面吗？朱老伯的话音未落，一朵白云就从身边飘过，一时忙乱，伸出手就想摸一把。这云好白，我这尘世的手，多少带有尘世的气息，白云岂能让我染指，或者玷污，它一直旋在我想摸又摸不到的高处，将一些怅惘留给我。

　　不再与白云纠缠了，一低头，就见脚下的群峰起伏，似乎都在朝着大徽尖膜拜。群峰沉默不语，大徽尖更是内敛稳重，也不语。只有风过的声音，从大徽尖缓缓地奔群峰而去，我一想，这莫非就是大徽尖发出的指示？但我听不懂风

70

的话，就大喊一声。风带走了我的声音，也带来了群山的回应。这些回应，还没等细细品味，就在群山之间消失了，可能它们并不容忍我的颐指气使。

群峰个个真真切切地立在眼前，看起来像是听命令的士兵。面对这些士兵，忽然我有了一些奇异的想法：眼前的世界，不就是一个大大的棋盘！这些群峰就是布在上面的棋子了。它们历经风雨，也起起伏伏着，恰如我们的人生。而我们每一个人，不都是人生这个棋盘上的棋子，都无时无刻不经历着起伏和风雨吗？可人这个棋子实在渺小，远没有山峰这个棋子厚实。所以，人生中，有些人就下坏了棋，有些人就走好了棋。观这些群峰，我似乎悟出了一些东西。

大徽尖上的天，离我很近也很蓝，就像是覆了一层滤镜，没有任何杂质。间或飘逸过几块白云，竟然产生意想不到的效果，它挂在蓝天上，疑是什么人的画作。这画多变，又将蓝天演绎出无数的风情，只一眼，就会让人神魂颠倒。山顶却不大，密布着蒿草和一些不屈的树木。一些白色的花点缀其间，那种白色的花，在风中舞动着，它们似乎想摇动红红的太阳，我也被它们摇动着。只一瞬间，我就被它摇进了一种诗意里。这摇，也简直就是一团团白色的火苗。透过这火苗看山，山就有一种野性，有着妩媚多情。

如此，大徽尖是一块净地了。很久以前，这里可能就是汹涌澎湃的大海，后来海的阵痛，让大海隐去，让大徽尖突起。现今，大海隐去了多少年，大徽尖也就悄无声息地生长了多少年，并且保持着原始的状态。这种原始状态，包括从大徽尖延伸而出的两条山脉。从大徽尖顶俯瞰两边，就像是蜿蜒起伏的两条睡龙。不由得想着，大海退去后，龙王是否丢下了它的两个儿子？不管是不是，这两条龙确实存在，一条龙奔荒草尖而去，一条龙奔投子山而去。两条龙所卧的区域，就是隐逸名山龙眠山。这山是名山，吸引着无数的名人墨客。

一阵清新的山风拂面而来，我张开嘴，使劲地呼吸着，想让这清新完全充满心灵的每一个空间。吸了几口后，就有一股非常的感觉在涌动，我感到了一种沉醉，这样的沉醉比美酒的感觉还好。

朱老伯见我看呆了，走过来，指着远处山下一块整理齐整的绿地说，那是他家的茶园，一年的收入在十万元左右。靠山吃山，山是衣食父母，大徽尖是恩人呢。他又指着茶园中的房屋说，那是他儿子的土鸡屋，儿子大学毕业回家，承包了茶园，又养了很多土鸡，一年的收入比我还多。我望望山，又望望他的茶园，我无语，但一切我都明了。

大徽尖的山是葱茏的，不仅有点缀其间的茶园、旱地，还有密布的那些树。这些树无处不在地生长着，有的在山尖上，有的在石缝间。它们让山美丽，让人富裕，不得不说这是它们的无私奉献了。我看它们，倒以为是这山的发髻，或者是山的胸针。再延续看大徽尖，又以为是上帝匆忙中遗留给大地的一块大大的徽章。

山风不断吹来，带来不同的声音。我弄不清声音的来源，就以为它们都是天籁之音。它们齐齐地进入我的血脉，搅得我心海沸腾。我就想把它们留住，但一下山，就什么都不见了。

　　高高的大徽尖，我仰望你的英姿。你无须回答，我也无须说话，就这样静静地让时光缓缓地流过心田。

遇见一棵银杏树

傍晚闲着，就在小区里走走。以前出入小区，都是走固定的路，小区别的地方都不曾到过，这次走走，正好想看看能否有些收获。拐过一栋楼房，来到了另一条路。两边楼房的格局几乎无异，靠北的窗户大都紧闭着，靠南的有一些封闭的阳台，里面晾晒着五颜六色的衣服，像是在开万国博览会。也有没封闭的，上面摆放着三两个花盆，养有常绿的花草，像是风景，令我多看了一眼，想着也要在自家的阳台摆上几盆。忽然一声鸟鸣，打断了思绪，一抬头，就看到前面不远一棵落光了叶子的小树上停着一只鸟，这引起了我的兴趣。

轻轻地走过去，不想鸟见我来，呼啦一下飞了，我没有去看它飞，只是看着它停留过的树。就发现这树不同于其他的落叶树，它笔直的树干上部，密布着粗粗细细的枝干，却没有横生一枝，也没有一枝垂下来，它们全部向上，看着就有一股昂然向上的不屈的气魄，着实令人喜欢。我踮起脚，伸手扶一下枝，就看到细细的枝上鼓起许多树疙瘩，这大约是等着春天到来就萌发的新芽的胚胎了。这就让我明白，它在冬天脱光了叶子，原来是在体内积聚能量，准备来年春天的新生啊！

有一个我熟悉的老人，从一楼的窗户里看见我对树入神，就推开门走到我身边说，这是他十几年前栽的银杏树，想当初，它很弱小，得用棍子撑着，现在终于有些模样了。但要长成参天大树还要好几十年，那时我是看不到了，这树却会以伟岸挺拔的躯干存在于世。听着老人的话，我无语。眼前的老人虽身体硬朗，但岁月终究会将老人湮没的。我也明白，人与树比，十年树木百年树人，栽树容易，培养人却很漫长。由树及人，每个人都得倍加珍惜生命的时光。再由人及树，每个人似乎都应该从树上汲取一些有用的东西。

眼前的银杏树，躯干只有手臂粗，还属于少年期。不过，从现在的模样也不难看出它今后所具有的苍劲的体魄，清奇的风骨，俊美的英姿，玲珑奇特的叶片以及茂密如伞的树冠。我曾在乡村的一户院落前，看到过这样一棵摩天接地的银杏树，当时我从那经过，就被它气势昂扬、蓬勃茂盛的姿态所感动，觉得它是无形中的一种力量，给我一种启示。那天我在树下待了很久，绞尽脑汁想用最美的语言来褒奖它，但我什么也没有想到，只觉得用语言来形容显得太苍白，只好在无语中缓缓离去。

银杏树在我们这地方是常见的树木，它不仅能遮阴和有美观的视觉效果，而且它的果实能食用，且与银杏叶一样都是一种珍贵的药材，可以说银杏树浑身上下都是宝贝。银杏树有了这些宝贝，不自满也不显耀，一年四季里，仍然我行我素地生长着，其叶子也随着季节的变化而变化着，宛若一幅灿烂多彩的油画。有时我在一个地方看到银杏树，就想着自家的屋前，如果有棵银杏树，我天天生活在这幅油画里，那该多好。

以前单位里有棵银杏树，初春的时候，我从那经过，就见到初萌的叶子，片片都玲珑剔透，密密麻麻地看起来像一只只杂陈的鸭脚，显得非常憨厚可爱；当进入夏天，银杏树就摇身一变，郁郁葱葱的像是一把偌大的遮阳伞，坐在下面，仿佛就有一分阴凉怡人的清爽。而西风萧瑟的秋天，却是银杏树最为壮观的季节，它没有因寒风的到来而萎靡，反而枝头上，片片树叶黄灿灿，硕果累累。风起树动，这些叶子就起伏，仿佛一片汹涌的金黄色的海浪，甚是养眼。最为凄美的就是风中片片飘落的叶子，看起来好像是一只只金蝶在翩翩起舞，往往我会走过去，享受这独有的美景，但我也会经常地沉醉。

风又起了，却不再冷，闻着似乎带有一点暖暖的气息。身边的银杏树也在动了，但我不以为是风的作用，而认为是它自身的动作。应该还有些沙沙声，只是听不出发自哪里。再仔细听听，又什么都没有。正准备离去，却再次听见声响，就看那些树疙瘩，觉得它们似乎都大了一点，难道是它们以一种傲然的声音，在为生命谱写新的篇章？我不走，就静静地立于树下倾听，忽然我茅塞顿开，觉得这声响就是银杏树在昂扬地叙述着自己的理想。我还能说什么呢，只能以站立的姿势，对银杏树行注目礼，并致以深深的敬意。

热爱生命的蝴蝶

　　有时不经意发生的事情往往会触动内心，它给予人智慧也给予人力量，并且无形中也产生动力，丰富着人生。前不久在一个山谷，我就碰上了这样的事情。那天，因为厌烦喧嚣的城市生活，我就走进了郊外的山谷。我一进去，但见溪流清澈，山花烂漫，鸟儿欢鸣。阳光斑驳地洒在草丛间，那份静，那份雅，让我陶醉。也是的，在城市生活久了，压抑和浮躁就时时滋生，山谷间的清新美丽和自自然然，如一味良药，正好能够唤醒我的迷惘。

　　在溪流的转弯处，无意一抬头，就看到岸边一棵桦树上，一只蝴蝶被蛛网网住了。这只蝴蝶很美，它被网住，让我不住地摇头叹息。但接下来，蝴蝶的壮举，又给了我深深的震撼。以至到现在，那一幕还经常出现在脑海。它像一盏明灯，在我彷徨或者纠结的时候，照亮我前方的路。

　　我也知道，人生的路上有许多网，我们难免要触网、坠网、落网。究竟怎样避网或者被网住后怎样冲出网，各人大概自有妙法。这只蝴蝶被网住后表现出的对生命的渴望，却让我在写这些文字时，还带着对它的尊重。写着写着，又仿佛看见了它那聪明的头脑，指挥着它那灵巧的躯体，一点点地挪动到蛛网的边缘，借助风，然后振翅一飞，摆脱蛛网的美丽一瞬。

那张蛛网结在桦树的枝丫间，一圈一圈的，细而缜密，且有着梯形的纹路。蛛网上没有蜘蛛，只有一只漂亮的蝴蝶在挣扎。我不知它被网住的原因，只知它没有锋利的牙齿，也没有结实的臂膀，只有一双好看的翅膀，它能冲出网获得自由吗？

显然，我的担心有些多余，我太低估蝴蝶的能力了。在我担心间，只见它在蛛网上一点点移动，翅膀扑棱一下，身子就往外挪一点，这一动一挪，尽管形体上看出来有些痛苦，但姿态却不失优美，好像这也是它表演的舞台。而它如此地艰难挣扎，于我看来，也是在诠释生命的本质吧。

山风在一阵阵吹起，也使蛛网不断地动荡。蜘蛛也突然出现了，它在蛛网的一角虎视眈眈地盯着蝴蝶，嘴角似乎在发出得意的奸笑——这可是唾手可得的美餐啊！蝴蝶明显感到了危险的临近，但它依然临危不惧，不露声色地等待着机会。忽然一阵风来，像是带来了什么隐秘的指示，它突然加快了翅膀扇动的频率，身体也慢慢地挪到了蛛网的边缘。

蜘蛛见蝴蝶将要脱逃，马上飞快地向蝴蝶逼近。就在悲剧将要发生的时候，蝴蝶却不动了，蜘蛛不明就里，也慌忙停下来。它们这一停，也将时空定格，仿佛是一场决战前的静寂。我不忍看下去，就捡起地上的树枝，准备戳破蛛网，结束这场战斗。当我正要做的时候，突然发现蝴蝶的一对晶亮的眼，正闪着智慧的光芒。它的神情告诉我，它是一位将军，正在酝酿着一项大的行动。见此，我无言，只能放弃自己的行动。

果然，当一阵强劲的山风从高处俯冲下来时，它借势振翅一跃，就冲出了网。看着这一情景，蜘蛛不知所措，木然立在那里，我也惊呆了，因为蝴蝶的神速，既像是出膛的炮弹，又像是听到冲锋号角的伟大战士，是多么让人赞服！这是一只热爱生命的蝴蝶啊！

蝴蝶飞走了，蜘蛛也灰心丧气地溜掉了，但蛛网还在风中摇晃着，似乎又在等待着下一个落网者。不想让它再胡作非为，我就拿起树枝，将蛛网破坏了，一切又复归平静。

走出山谷，回到城市，我将面对的是许多的网，我想，我能识别或者冲破了。应该感谢这只蝴蝶，它教会了我智慧和顽强，也让我明白，物竞天择，适者生存。世间的一切，生命的魅力留给我们的是一个个感动的瞬间，让我们得到的是源源不断的启迪和力量。因此，无论何种网，我们都不该惧怕。

写完这些文字的时候，我突然发现窗前有一只蝴蝶飞舞，它的外表和形体，与那天我在山谷看见的一模一样，究竟是不是同一只呢？

两棵树的风景

一高一矮的两棵樟树，正对着我二楼书房的窗户，高的树尖，可达四层的楼顶，矮的树尖，恰好与我的窗户相齐。只要我坐到书桌前，高树结实粗壮的枝干，矮树碧绿而茂密的树冠就收入眼底，它们是我窗前的风景，伴着我走过很多年。随意地一抬头，我都能看到皱纹深深的树干和赏心悦目的一片绿色。

一开始搬来时，两棵树都还不大，一棵迎着阳光，另一棵被楼房的一部分挡着，日照不很充裕。四季轮回，两棵树的生长就迥异了。这样也好，它们各自生长，也成就了眼前的两棵树的风景。我很乐意与树为邻，也经常坐在书桌前，望着窗外，享受一些清凉和恬静，便因此感到满足和幸福。

樟树四季皆绿，在初春，经历了一冬严寒，它的树叶比其他一些刚抽芽的树还要绿得深沉些。这样的深沉，比杨和柳的翠叶青青，要凝重许多。别的树，已经在爆出米粒般大的嫩芽时，它就开始蠢蠢欲动了，不长的时间，就由星星点点的一层隐绿，渲染成很大的一片了。而此时的樟树，那些深绿的叶子行将暮年时，一些新生的淡绿的叶子却悄然萌生在枝头。

过了些日子，忽然老叶悄悄落了，新叶子就挂上了枝头，其鲜嫩如妙龄少女，一入世就带些淡淡的清香和清纯。那清香，甘甜淡雅；那清纯，青涩无瑕，令我眼睛一亮，不觉寻着这馥郁的清香和诱惑的清纯抬头仰望。原来，满树已被绿叶缀满，像一个巨大的绿伞撑开了。顿时，我的血液沸腾了，整个内心都因樟树绿得妩媚而涌动起来。

下楼到树下，踮脚伸手摘下一片嫩叶，又俯身拾起一片老叶，放在手心，翻来覆去地观察。我就看到，嫩叶纹理清晰，似乎布满新鲜汁液，老叶纹理模糊，似乎被什么堵塞了一样。两片树叶，都是生命，是生命的两种形式，这一过程，它们是以无声的语言和动作演示着的。目的是让我明白，生命的更替是任何物种都不可抗拒的。所以生命的过程，不在乎它的完美和有多少丰功伟绩，而在于它的存在和完成生命的使命。

樟树的叶子换尽，几乎就到了夏天。坐在桌前，每每炎热令心情烦躁，就不自觉地抬眼望窗外。这时的樟树已经郁郁葱葱，更加生机勃发，骄阳下如华盖蔽日了。而风吹叶动，送来的一阵阵绿色的凉意，令烦躁不翼而飞。

有时，遇见夏日的暴雨，就担心狂风暴雨下樟树怎么受得了。我的眼神离开书桌，注意起窗外的樟树，就看到，虽然樟树的枝干被刮得东歪西倒，但是满树的绿叶，也发怒得如一头咆哮的雄狮，只见它翻滚、旋转、甩动，架势丝毫不逊狂风。只是，惊险的场面着实让人胆战心惊，曾有好几次我以为它被征服了，可闪电与雷鸣照亮黑暗的瞬间，依然见到它岿然不动，真是个勇士。雨停了，它轻抖满身的水珠，让被雨水洗过的一片片叶子更加细碎光滑起来，我看到它是那样安详而平静。这个时刻，我油然而生一种感动，内心也变得干净而澄明了。

秋天了，樟树依然碧绿如翠。当别的树被阳光涂上一抹金黄，秋风乍起，这些金黄就如雨般纷纷飘落，以一种沙沙声告别这个世界。而樟树的叶子依旧不动声色，它还要让世界知道生命的存在。所以，秋天里，凝望这两棵依旧绿色的树，我并不伤悲。

喜欢冬天的樟树，当冷寂的窗外时常以一种灰色来冲击视觉，唯有这樟树仍然以绿的生命静默在窗前给我希望。它告诉我，冬天毕竟是暂时的，来年春天，大地上依旧是蓬勃的绿色。我看到，在严寒面前，它挺拔的姿态很美，无疑是活得自信和活得潇洒了。而雪花飘了，满树银装素裹，几只麻雀在树间飞来飞去地嬉戏，它们营造出的火热生命的气氛，又给人以鼓舞。

一年四季，两棵樟树都在青翠中完美着生命，它们也如一幅画，镶在了我的窗口，让我时时能欣赏到它们的美。日久天长，我就发现新一年的樟树，已不是旧年的樟树，它的每一片树叶都换过,每一滴浆汁都由新的细胞、新的物质构成，它又是新的生命了。这一新老交替的过程，我不可能听到它蜕变的声音，却年年能看到它们新的生命。

楼顶一棵树

　　经过一栋楼房，不经意抬了下头，就看到了楼顶上的一棵小树。这意外的发现，让我眼前一亮，仿佛摸黑赶夜路的人，突然看见前方一盏明灯摇曳出的亲切和温暖。索性停住脚步来仰视它，忽然就想到，树应该都是长在土地上的，它怎么长在了楼顶？谁安排了这棵树的命运，又有着怎样的故事？

　　楼房有五层，大约十几米高，小树也有一米多，这既拔高了楼房的高度，又比楼下的一棵树更接近了天空和太阳。楼下的树，挺拔威武，树冠如伞。而楼顶这棵却十分矮小和瘦弱，在风的劲吹下，不停地摇曳着，令人有些担忧。但我也不必多虑，楼顶上的它仍然在坚挺着，说明它很坚强。

　　看到它，我的心情很好。天天都经过这里，却不曾留意它。而楼顶这棵矮小的树，居高临下，比我站得高，看得远，也更容易招来鸟儿，不能不说紧拽着我的心了。这很有意味。所以，一个人如果停下来，静下来，总是可以发现一些东西。

树在楼顶飘摇，于我看来，绝不是在炫耀，而是在展示其生命的张力和韧性，这无意的姿势很美，撩拨着我柔软的心。不用登楼，我就想到，楼顶水泥缝里应该有一些日积月累又被雨水浸泡后的尘土，是某一日的风吹来了种子，或是某一日停留的鸟儿，尖喙里种子无意间落在了上面。经过一段时间，种子萌发了，它羸弱的根茎就扎进了这一点尘土，隐忍且艰难地活下来，直至成树，这本是生命的使然，但我以为它寂寞也快乐着。作为一棵树，应该生长在土地上，它的四周，应该有绿草红花，欢鸣的小鸟，展翅飞舞的彩蝶，或者有清澈的小溪。而它一无所有，孤寂地面对蓝天、白云和太阳，面对狂风、暴雨、霜雪，一寸寸地艰难生长着。这一寸寸地生长，又更接近了蓝天，就更有了阳光下欢畅的呼吸与快乐。于树而言，人的所谓寂寞又算什么呢？

　　楼顶的一棵树，成长的环境由不得它选择，只能听天由命。或许它落在肥沃的土地，有可能长得粗壮高大，撑开一片绿荫；或许落在田野、山顶上，长成一棵树，然后一棵树一棵树地连在一起，就形成一片绿色的海洋。而它却生在了贫瘠的楼顶，长得羸弱而矮小，但终究也是生命，它也会向着蓝天，向着阳光，向着更高处默默地生长，任凭风吹、雨淋、雪压和日晒。

　　遇到困难和挫折，总是隐忍，只有风起的时候，才发出簌簌的声响，这才是它生命的自然呼吸。听着这呼吸，才觉得它活得自在，活得灿烂，活得有价值。对比一些老是埋怨环境艰苦，老是想选择一个最好的地方生存，有一点挫折都会影响情绪，都会感到痛苦的人，这棵小小的楼顶之树，自然就显得高大伟岸了。这个时候，仰望一棵树，我就觉得人有时真的不如一棵树。

只是行走在岁月，人与树的行走方式和轨迹不同。这棵树长在楼顶，日升日落、风起云涌应该是比我最先体验到。这让我有了联想，我倒愿意成为一只鸟，每天攀附在这棵树的枝头，一起来聆听岁月流走的声响。眼下我在楼底站着，只是暂时，我有我的行走方向和目的，过一会儿还得走，我不可能为这棵树把自己站成一棵树。但我可以以它为样板，在我的行走中，以它指引的方向行走。

经过楼房，看到楼顶的这一棵树，仅仅是偶然。而我在仰望中，却没有看见树上停留一只鸟，楼下的树上鸟声却不断。我就在鸟声中走过楼房，猛然听见一声清丽的鸟鸣声在空中掠过，一回头，一只鸟已落在楼顶的那棵树上了。

雪落梅花

冬天一向以冷峻、阴沉、灰色来冲击视觉，令人有一种无可奈何的慨叹。而雪花飘落，梅花绽放，应该是数九寒冬的大美景致，多少令心情为之一爽。但在我们这地方，雪花飘落不是很常见，倒是梅花绽放却经常有。于我看来，梅花的绽放，如果没有白雪的映衬，那就缺少了一种韵致，也是一种遗憾。

忽一日，一片片六角形雪花在夜半时，从天空悄无声息地飘落，刹那间大地上是银装素裹，分外妖娆，这是多么富有诗意的场景啊！那会儿我们应该是在甜美的睡梦中，或许还正在做着轻松的梦呢。屋外，那一片片的雪花，漫天飞舞，绚丽多姿，让我们错过了美妙的欣赏时刻，也只有院落里的梅花，最先目睹了它的芳姿，最先感知了它内心至善至美的情愫，因为雪花的那亲密一吻，触动了梅花心底那一丝最柔弱的情感。

如果说梅花的绽放预报了春天即将来临的信息，那么夏天的所有喧嚣，秋天的所有成熟，冬天的所有凄冷，春天的所有美好，都在第一朵雪花飘落之前，一定有什么为我们所不易察觉的萌动。所以，我要说梅花欢喜漫天雪，实质上是对春天的一种憧憬。它的表现，应该是清香浮动，配以雪的洁净，来给春天作注脚。

早晨起来，看见院落一片洁白，心中立马腾起一阵欢喜。再看傲立雪中的梅花，却不低头，仍然顽强地在一片晶莹中绽放着笑脸，花蕊微微一动，像是被小猫的舌尖舔过一般。经过一夜的飞雪，此刻梅花静若处子，似乎是在酝酿着一首诗，或者成就着一幅画、一首凝固的音乐。而雪花静静地依偎在梅花的周围，给梅花做铺垫，倒显示出一种凄清的美感来。

我看见，那些黄色的梅花在白雪的映衬下，闪现出一种卓尔不凡的美。这种美，是谁都会被它震撼的。在一声惊喜的慨叹中，我想，这该是梅花作为冬天的主角，在吟唱春天的抒情曲吧！因而，是谁都能从雪花的曼舞中，读出雪的风骨；是谁都能从梅花的清香中，悟出梅花傲寒的骨气。是谁都能从雪花与梅花的交叠中，领悟春天即将来临时的躁动。

"不经一番寒彻骨，怎得梅花扑鼻香。"诗中所说的只有寒冷才使蜡梅散发清香，这样的辩证关系放在现实生活同样适用。生活中，如果一味贪图安逸，就只能碌碌无为了。所以，若想有所成就，就要经受风雨的考验，就像蜡梅一样迎寒怒放。

久久地注视雪花与梅花，发现它们的交谈总是那么意味深长。不知不觉间，感觉它们的轻声细语凝固了空气，丰富了时空，也填充了思想。我发现，这个时候，一切语言都是苍白的。所以，我唯有以一种敬畏、一种仰望的姿态凝望梅花。忽然想到，雪落梅花，不就是雪花在冬天的琴键上，弹奏着春天的乐章吗？！

我转身，你成长

孩子上了大学，意味着迈出了人生的重要一步，以后的成长得靠自己，父母是鞭长莫及，爱莫能助了。父母只能放手，让孩子边学边成长，这是无奈也是坚定的选择。

这一年的九月初，我不例外，也与许多家长一样送孩子去上大学。孩子是第一次出远门，里里外外给她准备了几箱行李，我提着行李箱上车下车，累得汗流浃背。孩子心疼我，几次提出帮我提，我硬是拒绝了。不是我不让她提，而是我认为孩子大了，以后帮她的机会就少了，就当是最后一次帮助吧。

学校坐落在城市一条河中的一个美丽的岛上，有一个好听的名字"月亮岛"。走在其上，只见偌大的校园内，绿树掩映，幽静而美丽，是读书研学的绝佳地方。我们在校园内，一切报到的工作都是让孩子自己去完成，我与爱人只在一边看着。来自各地的报到学子很多，每个窗口都是人头攒动，好在孩子利索，在学长的引领下，不一会儿就将一切手续办好。看着孩子忙得额头沁出的汗水，爱人忙掏出手绢轻轻地给她拭去，而我却露出了欣喜，有一种淡淡的感觉溢出了心头。

进入宿舍，早已有先到的学子和他们的家长，他们有的给孩子收拾床铺，有的在嘱咐孩子，一时宿舍显得嘈杂却又那样自然和正常。孩子认了一张空的床位、一张空的桌子和柜子，我们就开始准备给孩子整理。可孩子学着要自己动手，我们就站在一边看着或者指导。书桌和柜子的整理孩子干得较快，但对床铺的整理就显得吃力。这也不怪她，长到十八岁，在家里都是我们张罗着，孩子衣来伸手饭来张口，还真没有做过此事。

看她笨拙的动作，连着几次都不能将被子套进被罩里，我暗暗着急，爱人急了就想着伸手帮她。我悄悄地拽了拽爱人的衣角，暗示她一定要让孩子自己去解决。爱人明白了我的意思，只好时不时指点一下。孩子终于将被子套进去了，可显得有些皱皱巴巴，不那么平整。见孩子基本完成了套被子，我在竖起大拇指的同时，走过去，与爱人一起将她套的被子在她面前又重新整理了下。孩子看在眼里，似有所悟地对我们说，原来这样啊。我高兴地对她予以肯定，说，你这次做得很好，以后会做得更加出色的。孩子听了表扬的话，一脸兴奋，"耶"了一声。

同宿舍的学子来自各地，一开始大家都不熟悉，有家长在，她们不愿意交流，只是偶尔相互看一眼。爱人见了，将我拉到一边悄悄地告诉我，你看这种状况，孩子要融不进去怎么办？我匆忙扫了一眼，不置可否，只是说，你看着，只要我们一走，她们一定会热火起来的。家长走了，有的孩子就有些不安了，她们左看看右瞧瞧，似乎是在期待或者寻找什么……

看时间不早了，我与爱人也要离开。想着就要与孩子分手了，我的心里五味杂陈，其实，我是多么想再与孩子多待一会儿，多聊几句呀！可转念一想，我们究竟不能永远地陪伴孩子，她已经在成长的路上走出去了，放手或许对她的成长更为有利。这样想着，尽管心里有些不舍，却也有欣慰之感。

同朝夕相聚的孩子真的要分别，爱人明显不舍，她一遍又一遍地叮嘱孩子，如"好好学习，搞好团结，争取进步，注意身体，照顾好自己"等等。孩子"嗯嗯"地点头应着。我看在眼里，心中不免有几分涩涩的酸楚，泪水也在眼眶中打转。我生怕让孩子看见，转身走到门口，爱人只好跟过来，就这样我们与孩子告别。

走出好远，不知是怎的，我又猛地回过头来。透过绿树的间隙，远远地回望了孩子的宿舍。喧闹的宿舍里，孩子正在与舍友热烈地交谈着，看得出，她是那样好奇，那样兴奋。我再也不能自持了，一滴泪，从眼眶里落了下来……

"可怜天下父母心"这句话，今天可让我真的体验到了。是的，做父母的含辛茹苦抚养孩子成人，为的是什么呢？不就是希望孩子有一个好的前途和归宿吗？孩子上了大学，这是她人生旅途的又一个新起点，从此以后，孩子与父母就要聚少离多了。

　　我转身，你成长。孩子的今后人生路，漫长而又坎坷，未来的路，还得靠孩子自己一步一步去走，事还得让孩子自己一件一件去做，社会还得由孩子自己去闯，而所有这些父母都是无法替代的，不过，我相信，孩子一定会成功。

烤饼人生

　　一辆简易的手推车，上面安着烤饼箱，下面放着炭火炉子，往小区门口一停，就是一个早点摊子。

　　摊主是一对年轻夫妇，女的身材高挑，长相俊秀，一笑脸上就有一对小酒窝儿，有人戏称为"烤饼皇后"。男的比女的矮了半头，长相普通，两只眼不太对称，但很精神，有点伙计的味道。他负责揉面，做饼和烤饼，忙得无暇与人对话。

　　女的卖饼和收钱，碰到熟人，也会笑着说几句话。他们做的烤饼一元五角钱两个，你要什么馅的，就给你什么馅的，价格都一样。馅子无外乎萝卜、咸菜、芝麻等，合着不同人的口味。当饼香四溢的时候，就会有小区的居民、上学的学生和路过的人围上来，一时间摊前就显得忙碌起来，好不热闹。每天，他们都这样辛勤劳作，度过每一个早晨。

　　我在小区居住很久了，他们从农村来到小区做早点似乎也有十几年。开始我不曾注意，因为每天我都在家吃早饭，直到有一天，家里没有准备早饭，才让我与他们有了接触。

那天，从家里走出小区，早点铺里早已人满为患，而他们的摊子也围满了人，我在其间踌躇不决。忽然有淡淡的饼香传来，我深吸了一口，觉得这就是我所需要的味道，便来到了他们的摊前想买烤饼。一摸口袋，发现身上只有几张百元票子，心就一紧，怕万一找不开，给他们难堪。正想着时，手不自觉地就将百元票子掏了出来。正做着饼的女人，瞥见了我的大钞票，不由"扑哧"一声笑了。

　　这笑是那样自然纯朴，如同一朵静静开放的莲花，慢慢地在水面漾开来。我还沉浸在她的笑容里时，她好看的嘴唇又一动，一句"找不开，哪天再付吧"就轻轻滑了出来。我的心立即感到了放松，要知道，在这之前我与他们并不认识啊！是的，几块钱的早点钱对谁都算不了什么，但从她的话里，我读出了信任。延及现实，是不是每个人都如她一样呢？

　　第二天为着还钱，我早早地来到他们的摊位前。还不是高峰期，买饼的人不多。我递过十元钱顺便再买几个饼子，男人依旧忙他的，女人腾不出手来找零，只说了声："自己拿，自己找零。"我拿过饼子又把钱放进装钱的盒子，我找了零放在手上，大声对女人说："你看下，昨天的钱我也一并付了。"然而她只顾忙她的，丝毫不看我一眼。我开玩笑说，你不怕我多找呀。她头也没抬地说："没关系。"此话无疑就是一种信任。

　　从这以后，我都选择在这儿买烤饼。一晃多少年过去，我却不知道他们的姓名，小区的人都称他们为"做早点的”，我也这么叫，而他们也乐意接受。

吃着香香的烤饼，我想，做烤饼只是个小本生意，他们只能一毛钱、两毛钱地挣，但为给人们带来实惠，就不畏劳苦，不怕本小利微。所以，我以为他们挣的是血汗钱，这也是一种人生。而他们可贵的还有，平时不因地位的卑微而失去热情，但凡小区的人买了东西因有事不想回小区，一声招呼就将手里的东西放他们那儿，等到忙完了再去取。正由于他们的存在，给居民带来了一些便利，某种意义上，他们已经融入了小区。

这个早晨买完饼后，我没有走，就认真地看他们。女人穿了一件碎花的外套，下身穿着褪色的牛仔裤，一绺刘海儿在额前横铺着，这个样子让人想到了清纯。男人穿了一套蓝色的衣裤，套着一件印有某某牌味精的白色围裙，一看就显得有些老成。他的脸黝黑，早晨的阳光轻轻地抹过，便有了一圈油亮。在浓密的眉下，是一双清澈的眼睛，那目光干净得如秋后的田野般明朗。他们无暇顾及我，我也无意干扰他们，可他们的一举一动，令我想着他们应该就是这个早晨最美丽的诗句！

一个老奶奶拎着东西来了，见饼子没烤好，就将东西往摊上一放，说："我去办个事，给我留几个。"女人不假思索地回道："好的。"女人的这一声，轻柔、质感、绵细，听起来很温暖。几乎是同时，男人的一句"好咧！"浑厚、清亮、饱满，听来也愉快。

傍晚在小区散步，不经意间，发现一栋楼房的一楼门开着，做早点的男人，正在屋里和面。原来他也住在这个小区啊！我很惊喜也有些疑惑地与他打招呼，说："住这儿？"他头也没抬地说："是呀，几年前在这儿买了房。"不起眼的他，竟然买了房，这说明只要是勤奋的劳动者，都有他的收获。我心里挺激动，竖起大拇指，说："了不起呀！"他听了，抬起头对我会心地一笑。那一笑，是那样满足且意味深长。

　　我在他的笑中缓缓离开，有说不出的感慨。是呀，这对勤勤恳恳的夫妻，通过自己的辛苦劳动平淡而有尊严地活着，他们确实活出了人生的精彩。而生活中有很多人，却因利小而不为，因艰苦而不做，这样的人生又有什么意义呢？

敬畏这些古树

从孔子故里曲阜回来，萦绕在心头的一直就是这些古树。它们寂寞地屹立在孔庙、孔府和孔林里，已经几百年甚至上千年了。这一过程，漫长且艰辛，非人类所能坚持。面对不屈的它们，我只能报以敬畏，而它们也仿佛用沧桑的眼光注视我。当我与它们有灵气的眸光一碰撞，我已是神思恍惚，泪眼婆娑。刹那间，我疲惫的灵魂像是得到了召唤，有了一种轻灵和飘忽，就以为它们早已不是古树，而是一种与寂寞和艰辛相伴的生存精神了。

看这些古树，大多是古桧树和古柏树，高矮不一，粗细不一，站立的形态不一，唯一相同的都在活着，而且还会一直活下去。活着，就是存在，就有一种精神传承，想到此，内心就自觉地涌出一种尊崇。再看它们，树身大多是光秃的，被天光映着，反射着一种光，隐着一些情，停留着岁月的沧桑。

因为岁月，还因为天灾人祸，某些不可违逆的因素，这些古树，有的树身被钢板箍着，有的树身被钢筋支撑着；有的树洞被水泥堵着。这些物象虽实不忍睹，却又正常。我知道，它们都老态龙钟，风烛残年了，但还不愿被岁月打败，仍然还在顽强、悲壮地延续生命。因而，在虬曲苍劲的树的上部，那些枝干依旧活力张扬，生动自然，蕴含着某种哲理。

古树以苍老沉稳的姿态呈现，硬朗且刚健，是对生命的尊重，也是对美好世界的向往。虽然表面上，它们呈现的是静止，但我知道，静止的下面，就是汹涌澎湃的生命运动。至今，它们还在运动，这一过程伟大，我们不可能看见。而人的生命历程没有古树的恒久，当然是见证不了它们从幼苗到苍郁这一伟大且壮观的生命过程，也就无法体味它们在悠悠岁月中磨砺的况味。

古树的周边，那些飞檐彩拱的庙宇，桧柏掩映的殿庑，如岗如阜的陵墓，蚀迹斑斑的碑碣，与古树和谐且协调，浑然一体。这些静止的物象，都在叙述着历史，苍老着岁月，都在天地间成就着生命壮美，构成特有的历史画卷。我阅读起来，竟是那样厚重和静美。

缓步走向一棵古树，就被它皲裂的树身和中间一个碗口大的树洞所震撼。这树全身都是一道道干裂的树皮，像是被岁月的刀刻下的深深的痕。而在它的深处，曾经的青春应该都是鲜活的存在。靠近它，似乎就感受到了它的欢笑，然而，待我用心贴近的时候，竟什么都没有了。唯有那树洞还张开着，像一只眼睛，阅读着来人，洞察着世界。可它里面黑黑的，究竟也不知深藏着一些什么。我只能踮起脚，将脸凑近它，鼻尖抵近洞口，深深地，缓缓地呼吸，莫名地漾起一种意念，让我突然想起，小时在母亲怀抱里的温暖和亲切。

古树前，来往者不可胜数，会有多少人对其思考？可能更多的人会滋生一些悲悯，哀叹它的不幸。然而，树在，人却走了。树在，老成了古树，依然挺立于天地之间，经历着风吹雨淋，倒真是铁骨铮铮的硬汉子。面对古树，不难知道它们忍受着怎样的寂寞、清贫和诱惑。古树不言，以它的挺立，傲然于世上，该是它在幸福地享受着孤独，这又是一种怎样的修行？

一棵桧树下，立有一块碑，上刻有"先师手植桧"的字，说明这桧树，是孔子所植。但看树身，树龄不像很老，就有些怀疑。不料，陪同的朋友告诉我，这棵树是孔子所植，只不过树老了死去，又在根部长出新苗，如此，轮回了多少次。不得不敬佩这棵树了，仿佛也看到孔子在树下给弟子讲学的情景，树木掩映，书声琅琅，多么诗意且美妙啊！

曾经去过黄帝陵，那里也是古木参天，浓郁厚重，时光似乎都被古树的光环吞噬了。在那里，我看到了什么叫不老，也体味了什么叫精神。那片古柏群据说有四千多年了，依然根深叶茂，遮天蔽日。我久久地凝视，它则以宽大的胸怀环抱我，古柏似乎成了时间的代言。而我与它的距离很近，似乎又很遥远，我想与它拥抱，却怎么也拥抱不起来。

世事无常，生命有限。古往今来的人们，无不将自己美好的愿望寄寓树木，以期万古长青，留下精神。如此，人与树之间的关系，就变得复杂，这时，树不仅是一种象征，更是成了某种化身。

敬畏这些古树，应该更敬畏古树的精神。

铁夹子和马蜂

　　铁夹子和马蜂是两个互不相干的东西，却是我们从垂云沪回走的时候遇见的，并且深受威胁。

　　铁夹子也不是夹衣服的，而是猎人为擒野兽埋于山间隐秘处的工具。现在山上植被普遍都好，树木交错，灌木、野草、藤蔓密密匝匝，很适于动物的掩藏和活动。猎人的铁夹子就是专门为对付它们而设计，铁夹子被埋在动物常出没的地方，覆盖一些松毛和落叶。埋铁夹子的地方，一般猎人都做着记号，有良心的猎人，还在附近的树上牵一根红线，免得人误入。也有个别猎人，埋好铁夹子，自认为熟悉，连红线都懒得牵了，这难免有人进入设伏区被夹住。

　　最早知道铁夹子，是十几年前我在山区一户人家停留，那人家的儿子是个猎人。我在与其家人交谈时，他正扛着一只野猪回来。见到野猪，我很好奇，忙停下谈话去看。野猪已经死了，一只腿被铁夹子夹断了，腿上凝固的血已经黑了。再看它的眼睛，有一半睁着，仿若有一种仇恨，深深地刺痛了我的心，以后有很长的一段时间，我都忘不了铁夹子和野猪的那双眼。

垂云泞和媚笔泉所处同一座山，唯一的上山小径都被植物填得密实，一些诸如野猪、黄羊、野兔等动物也就快速地繁殖，猎人喜了，当然埋了许多的铁夹子。刚上山的时候，山下一个整理菜地的老奶奶就对我们说，"上山注意呀，山上的野猪成群结队呢"。她说的话很善意，在提醒我们注意着呢。

从媚笔泉往垂云泞去，踩着荒草和落叶，顺着林间的缝隙走还好，竟没有遇见一只铁夹子。但当从垂云泞往回走，就是一路小心翼翼，一路惊心动魄了。那个时候，秋阳已经落到山的背后，没有了阳光照射的山林，瞬间就暗了几重。回去的路，在走过几十米后，忽地出现了几条岔道，看着都像是来时的路。选择了一条下行的道，其实也不是道，只是树木间的缝隙。

上面同样有草，也覆盖有枯枝和落叶，一开始并没有想到有什么危险，只顾拨弄着挡着的树枝，侧身而行。再走过十几米，前面出现了一大片的小老竹，将道吞没了。前面几个人停住了，回头望望后面跟上来的人，说："没路了。"后面的人回答说："不会吧？"

他的话没说完，脚就碰着了一个东西，只听"啪"一声，一个锈迹斑斑的铁家伙就从覆盖着松毛和落叶的土里弹了上来。几乎是同时，我们都叫："是铁夹子！"果真是铁夹子呢，后面的人一边说，一边从附近折断一个树枝，将铁夹子从陷阱里挑上来，放到了一边，这也将会让猎人狂怒一番了。

我们回走的路，显然走错了，走到了猎人设伏的区域。退回去，又得往上爬，还是将错就错吧。因为遇见了一个铁夹子后，再走，我们每人手上都拿了一根树棍，用来拨开挡着的树枝和探索道上的陷阱里的铁夹子。有了树棍，就有了安全保障，我们在不是路的树木间穿行了十几分钟，硬是在松毛和落叶覆盖下的道上，找出了十几个各种形状的铁夹子。看着找出的战利品，慌乱的心，一下子得到了缓解，警惕性也大为放松。

带着胜利的喜悦继续往山下走，很长时间都没有遇见铁夹子，因而就没有了先前探铁夹子的积极性了，偶尔也只是用树棍拨拉下面前道上厚积的松毛。又走了一段路，前面领走的人忽地一声叫："我中奖了。"众人一起慌忙跑过来，几个人一边急促地对被夹着的人说，"别动，越动就越紧的"。一边几双手用力将铁夹子向两边扳。

很快，铁夹子松了，那人就从鞋中快速地抽出脚，待脚抽出后，再将鞋拿出，又用木棍插上铁夹子，以让扳铁夹子的手腾出。但木棍很脆。受不了铁夹子强大的劲，只好又找了一块石头塞进铁夹子的口。

脚、手都腾出来了，铁夹子被打败了，猎人也被打败了。这只是遇见了人啊！倘若动物遇上，被铁夹子夹着，动物有这么齐心，有这样的智慧吗？我突然想到了动物被夹住后的那一声声嘶力竭的嚎叫以及那双孤苦无助乞求解救的眼神；也想到了，猎人见猎物被俘获时，那兴高采烈的样儿了。这让人不由慨叹，人类怎么这样残忍啊！

说来也怪，自发生被铁夹子夹住的事件后，一路再没有遇见铁夹子。可是，这样顺利时间也不长，在拐过一个山坳，进入一片树林时，前面领走的人，在一棵树前，又突然一声大喊"马蜂"。还未等我们站稳，十几只马蜂已经在头顶上空盘旋。

我们当中有一个经验丰富的人见状，马上说："这是马蜂侦察兵，都站着别动。"我们一个个随即抱头，站着一动不动。过了好久，马蜂发现我们没有侵略性，便纷纷回撤。等马蜂的声音没了，我们赶紧一个个从另一边快速地离开。到了安全地带，回望，就见偌大的马蜂窝，挂在一棵不高的树上，像一个布满枪眼的碉堡。

我们不惹它，它们的子弹就不会射向我们。众人都说，如果被马蜂蜇到，会有生命危险，在这丛林间，也只是叫天天不应，叫地地不灵啊！由此，不去侵犯它，它也不会侵害你，自然之中，人与自然当是和谐相处的。

我们遇见铁夹子和遇险马蜂，是一次行走中的偶然，但也是必然。延续到我们的日常生活，当中的很多人和事，并不是有时我们以为能想象的样子，更多的还是我们未知的，还得我们去探索。

海上的船笛

一个夜里，我在海轮上。

船舱里非常闷热，睡不着的我就来到甲板上，解开衣襟，凭海临风。虽说夜已深，但狭小的甲板上，却聚集着不少看海的人，他们神情兴奋，心境各有不同。天空有薄薄的云层，一弯月牙，时而隐藏在云里，时而探出瘦弱的身子，仿佛是在窥视。因而我们的一举一动，都逃不开这双眼睛。有游荡的海风吹来，吹乱了头发，掀开了衣襟，令我有些眩晕，一种幸福的感觉就溢了出来。借着船舷的灯光，眼中的海，永不停歇地躁动，船就在躁动中，犁开波浪行进，而我就借着船，行走于夜色中的海上。

低沉而有力的船笛声忽然响起，它从近处蔓延向远方，如一场风暴滚滚而来，又落荒而去。瞬间，仿佛整个海空，都被船笛声填满，丝毫不透缝隙。欲追寻船笛声，可它远去了，夜又恢复了沉寂，只有大海在夜色中涌动，只有海轮在贴着海面向前滑动。昏黄的船灯下，一条银光闪闪的水线在船后流动，让海生动起来。

这样的船笛声，也给我带来回忆。儿时的梦想，就是向往大海以及有朝一日在大海上行走。多少次的睡梦中，都见到了大海。梦里的大海，波涛汹涌，壮观浩瀚，轮船劈波斩浪，在海上行驶，真的令人心醉。也时常问自己，苍茫的海上，轮船从哪里来，又到哪里去？直到学了地理，我才明白，大海连通着四大洋五大洲，轮船穿洋过洲，一到目的地，总是把惊喜和财富带来。当轮船低沉浑厚的笛声越过茫茫的夜空，在梦境中响起，我就期待着它靠岸，在它的召唤声中，跟随一艘艘轮船，周游列国而去。

因为爱海，几年前我就去过海边，并选择住在白天黑夜都能听到大海波涛声的一个旅馆。旅馆前是一片沙滩，傍晚我去那儿散步，听到了从这片海域经过的船笛声。大海辽阔且空旷，笛声更是空谷传响，它由远及近，再融合到海浪拍岸声中，让人意犹未尽，浮想联翩。我发现，一个追逐海浪的孩子，在笛声中忽然停住脚步，侧耳细听，那专注的神情，似乎也对笛声着迷。

我走过去，孩子望望我，又望望海，想要从我的眼神里读出一些东西。我望望孩子，也望望海，也想从孩子眼里读出一些东西。笛声又一次传来，它将一种希望和喜悦通过悠长的音传递过来，撩拨着我心底柔软的情感，我与孩子不约而同地望着笛声来的方向。这时，海面有些朦胧，透过夕阳微弱的橘红，有一艘巨轮正在远方拉着船笛，缓缓通过海域。孩子显然看到了轮船，他张着双臂，欢呼雀跃，而我却静静地看着，眼睛有些模糊，想得有些远了：人生之路漫长，孩子的未来是更广阔的海，会有更多的船笛声，会有更为丰富的人生经历。

我也曾在江边送友人上客船，船将要驶离码头，就拉响了船笛，是要告诉人们，它将要航行了，到它将要抵达的地方。在船笛声中，我与友人挥手告别，不知又将在哪一天的船笛中迎回友人。人生相聚又将分别，或者在分别中又迎来相聚，有船笛声相佐，更添了一份悠长的韵味。此番在海上，听船笛声，又多了一份相思。

忽然又响起船笛声，在这夜的海上。我环顾黑漆漆的海面，只见远远的海上，一艘海轮亮着灯光正在行驶，它分明听见了这边的船笛声，也拉响了船笛。而这两船的船笛在海上以一种声波快速地汇聚，扩散，然后慢慢消失，又留给我极为广阔的想象空间。它们彼此相隔太远，应该是以船笛声来互致问候，就像朋友之间的握手吧！

行走于海上，能听到此起彼落的船笛声，它们都是自然和清纯的，并没有被嘈杂的市井声覆盖。应该说，快节奏的都市生活，人们基本漠视了轮船的汽笛声，算不算一种悲哀呢？

夜更加深了，一弯月牙儿完全跃出了云朵，正将一些清辉稀落地洒在海面。海水泛着这月的银光，一浪一浪地鼓着。我也有些倦了，回到了依旧闷热的船舱。刚卧在床铺上，迷蒙中，像又听到了船笛声……

沧桑烽火台

到塞北的沙漠去，沿途可以看到一些早已残垣断壁的烽火台。时光已经走过了几千年，弥漫的硝烟也早已散去，它们裸露在苍茫的旷野上，不知还在静静地守望着什么？所以，我初见到时，还以为是牧羊人遗弃的圈养羊的场所。

而当朋友说这就是古烽火台时，我不得不惊讶了：这个古军事建筑，怎么破败得这么厉害？我就带着一种敬重望去，迷惑的眼光从台底稀疏的几根芨芨草，缓慢地移到风一吹就能扬沙的台上，只不过是短暂的几秒。然而，从古至今，岁月却又如此漫长，几千年啊，岂是几秒所能望穿的。如今，它所显示的光阴的故事，发黄地晾在了烽火台上，任我阅读。

这样的烽火台尚能遗留至今，那些守台的士兵和挥舞的刀枪剑戟呢？走近一处，试着拨开芨芨草，想找一些白骨和锈蚀的枪头，然而除了挖不尽的黄沙别无他物。风在吼，立在烽火台前，隐隐中，我就感觉它像从远古射来的一支箭，携着万千旌旗和铁血号角，凝重地向我刺来。像被它重重地击中，我无语而哽咽，也只能慨叹人的渺小和时光的无情了。而眼下的烽火台，却以物质的形式，越过万千时光，在变幻的时空中，还能令我们想象着当年。但当年的热血和箭矢都已消匿了，在之上的是早已洒满了的和平阳光。

阳光下，我神情凝重地凝视着它。这个立在荒原上用黄土与木板凝结的建筑，若干年的风剥去了它当初的雄姿，如今苍黄的皮肤上，已经是千疮百孔，它们深深浅浅地布满黄褐色的土墙，让我想到了当年士兵的肉体和灵魂中那些无尽的创伤，又有谁在为他们疗伤？这些逝去的生灵，没有谁记得他们的容颜，但他们点燃烽火的画面却被时空定格。我仿佛看到，一个烽火台被点燃，接着一个又一个地点燃了。烽烟起，战火急，旌旗扬，号角响，戍边的士兵精神振奋地冲向敌阵，顿时，战场上万马奔腾，杀声阵阵……这是多么壮观激烈的一个场面啊！

风中的阳光火一般炙热，它不断地让远处浩瀚的沙漠升腾起连绵的气浪，吹向我及烽火台。似乎在阳光的风中，我看到的都是奔跑燃烧着的橘色火焰，隐隐还听到战马的奔腾声、士兵的呐喊声。是又发生了战争？我揉了揉眼睛，可眼前一切安然。只能去穿越几千年，看看究竟是哪些人将烽口狼烟点燃？又是模糊，我还是看不真切，只好把我自己想象成远古的兵士，在烽火台前瞭望。可空茫的沙漠，坦荡无垠，忽然就觉得自己，同它比起来，真的太渺小了。而近处沙漠的边缘，零星的绿地上，有几只羊在缓缓地移动着，这才让我醒悟过来，原来物换星移，我们已经不在一个年代了。

在烽火台前阅读烽火台，让我又忆起周幽王。为博取爱妃褒姒一笑，他下令点燃传递紧急军情的烽火，即刻狼烟四起，诸侯见了，忙来应战，几番折腾，褒姒笑了，诸侯却厌烦了。当犬戎攻入骊山，幽王下令点燃烽火的时候，被戏弄过的诸侯无人来救，落得个自身被杀，褒姒被掳，西周灭亡的可悲下场。幽王的戏弄，毁了自己，也毁了国家，这血的教训，也给后人敲响了警钟。

烽火台前，许多故事可以想象。顺着这些厚实的泥土筑就但已坍塌的烽火台，不难想象战争的残酷，士兵想家的渴盼。"烽火连三月，家书抵万金。"那时的一封家书，来往要数月，甚至几年，家书的到来，对于戍边的士兵是何等地珍贵。而现在，通信发达，纵使海角天涯，亲情也会在几秒内抵达。想当年，士兵阅读家书的喜悦，应该是幸福的，可这幸福也随着战争，随着烽火台的坍塌，都隐退到时光的背面，静静地消失了。眼前的烽火台的废墟，却是真切的；它孤零零地站在这里，寂寞着也坚持着。我品味着它，也在品味历史，心中的感慨，一言难尽。

沿着烽火台，我转了几圈，忽然呐喊起来，想要让这呐喊声穿透时空，与来自远古的呐喊声共鸣。可是烽火台早已远离了战争，它已经被无言的时光细心地雕琢成一座丰碑，成为历史里一段灿烂的光芒了。

沧桑烽火台，它必将以一个高度，被我们仰视或在心里燃烧。

在蓝孔雀园

　　蓝孔雀园在小龙山下的黄梅村，车子从水泥的村道拐到一条仅容一车通行的沙子路。再走一段，就停在一个院子前，当即就有接二连三的"嗷嗷"叫声直往耳朵里灌，仔细听听，却不晓得什么鸟声。忙寻找来源，周围的树太多，一时弄不明是树上还是院子里发出的。等被一老人迎进院子，两边网里的蓝孔雀见有生人来了，忍不住又叫了起来，才明白了缘由。只是站到跟前，它们又一声不吭，或飞或跑地躲避着，或许是不熟悉。

　　陪同的老人虽说七十多了，但看上去身体依然硬朗。他儿子大学毕业，创立了蓝孔雀园，他退休后就替儿子来管理。我们来得不巧，他儿子刚送蓝孔雀到杭州去了。虽有些遗憾，但也没关系，老人对孔雀很熟悉，在他的陪同下，我们仍很有兴致地逛起了院子。

　　院子很大，靠墙有一栋平房。旁边有一个狗舍，卧有一条名贵的犬，见了生人，急忙站起来狂吠，但被老人唬住了。靠院墙的两边是孔雀的笼舍，黑色的网又在笼舍前罩了很大的空间。沿着中间长着杂草的小径行走，立即就没入了蓝孔雀的包围。我饶有兴致地观赏着，远在南方的它们竟也走入了寻常乡村，这让百姓有了开发旅游增加收入的意识，又让能食用的蓝孔雀走上了餐桌，可谓一举多得。

身在其中我发现，这个院子坐落在山冈上，与四周的村落隔着很长的距离，四围绿树成荫，别有一番乡野情趣。而院里芳草萋萋，枯叶遍地，进去了也就是一个普通的生活场景。不同的是，几百只蓝孔雀填补着寂寞的院子，"嗷嗷"的叫声时不时打破着时空的寂静。

网前的地里，几只南瓜兀立在一片枯黄的叶子下面。网里一只南瓜早已被蓝孔雀啄食得只剩一个空壳，网前一只白色的孔雀引颈侧视，不知是在觊觎地里的南瓜还是观察我们，后面的笼舍里，却有多只闪着疑惑眼光的蓝孔雀。有人将一只南瓜甩进网里，声音清脆而出，引起蓝孔雀的一阵骚动，见久未动静，孔雀们就蜂拥而上，啄食的形态和家鸡没有两样。

走过几处网格，进到靠里的一处，只见两只蓝孔雀侧视着，一只蓝孔雀竟然还开起了屏，蓝蓝的胸腹，五彩的屏，在阳光里闪闪发光。解开网门的扣子，好奇心指使我走了进去，见有人来，它匆忙收起屏，与其他几只呼啦一下飞进舍里。我看着它们受惊的样子，不忍心打扰，就退了出来。在另处网格里，见三只蓝孔雀在那里追逐，应该是两只雄的在争夺一只雌的爱情。一边的几只无动于衷，继续在地上不停地寻找着什么，看到我拍照，也不理睬。

　　猛然一声"嗷嗷"的叫，吸引了我的目光。原来紧邻的网格里，有几只雄孔雀在同雌孔雀争食，雄孔雀在叫，雌孔雀不作声。我走过去，它们却停止了游戏，闪到一边。阳光透过网格斜照在它们身上，那些五彩的羽毛，闪烁在阳光里，美丽极了。我正看得发呆，一阵风吹来馨香，循香而去，原来网前的一棵玉兰花开得正欢。这棵玉兰虽不大，花却开了不少，阳光的金黄流泻在白花上面，有些楚楚动人。有人禁不住诱惑，俯下身子去闻，立马就见到他露出得意笑容。

　　绕过一圈，我又转到院墙外，就看到了山冈下面的池塘。好大的一方水域，层层密密地被树包围着。那些树细长的腰身，飘逸的树枝，极像一群舞女。而树上又有很多不知名的鸟，此起彼伏地叫着，和着院里的孔雀叫声，时不时地也添些诗情画意。好一个美丽的风景所在，我不得不赞叹主人将蓝孔雀园设于此的用意了。孔雀是自然之物，自然就有回归自然之理，而人在自然中生存，崇尚和尊重自然，以求和谐统一，应该也是生存之道。

　　回到老人的屋里，听老人说园中的蓝孔雀远销四方，而且还在规划蓝孔雀放飞园以让更多人来观赏，让我怦然心动。是啊，敢为人先，敢做人未做的事情，本身就值得尊敬。

　　走过院门，极轻的脚步，但还是感到有什么东西在身后落下，身后传来一声接一声的"嗷嗷"叫声，那一定是一只只蓝孔雀在园中翩翩而舞。

一河阳光

家的不远处，有一条河。有一段时间，我常常将一些琐事甩在身后，穿过喧嚣的街道来到河边。我静静地坐在河岸上，面前一河澄碧的水，被柔和的阳光丝丝缕缕地牵扯着，波光粼粼，像一匹极具美感的锦绸，令人情愫顿生。往往心情不好的我，面对一河的阳光、两岸如画的风景和一直延伸到远方却始终生气勃勃的河流，就会立马豁然开朗。风景的妙处，真的是一剂医治心灵的良药。

有一天午后，我思绪很乱，就来到河边享受静寂的阳光。水流依旧，岸边水草依依，风吹草动尽显诗意。两岸葱茏的树木，增添了河的寂静。对岸河堤上的路蜿蜒着伸向远方，那些朦胧的村落、田野、树木、池塘、山丘等被阳光照着，像是在画里。我静看着阳光像一个胸有成竹的绘画大师，一点一点变换着角度给它们着彩，这一切毫无声息。我忽然茅塞顿开，觉得走进了一方圣域，什么不快，都是过往烟云，被丢到了脑后。什么该做不该做的事，该说或不该说的话，也全不去理会了。它们都被过滤掉，甩在了时光的背后。

阳光一寸又一寸地移动，画面也在一点一点地变化，似乎每一刻都美。阳光也照在我身上，我在感受着，也在画里。我在看它的美丽，它应该也在看我。有一刻，我觉得真的与它们融合在一起了。我就问自己，怎么这样地执着！阳光里，那些风景应该就是理由了。因而我的视线，也随着阳光的移动而移动，越过了那些染了色彩的村庄，越过了远方葱茏的树木，越过了长着庄稼的土地，越过了纵横交错的道路，越过了连绵起伏的群山，落在了遥远的深处。那儿有些什么呢？一切可知，那里也如此。一切又不可知，我的目光岂能抵达？

想起人生在岁月的河里行走，所有的过往岁月，几乎都是跌宕起伏没有一帆风顺这个话题。面对它，我似乎找到答案又找不到答案。而面前这条河，应该就是让我想着，今天我站在河的此岸，看着彼岸花开，彼岸的景致，令人憧憬，现在或者明天，我要不要涉河到达彼岸，去追寻一些东西，以解心中的结？可是，我也明白，此岸是红尘，彼岸也是红尘，没有谁能超脱它，也没有谁能让时光倒流。让自己在某一个日子，离开成年的岁月，重新回到无忧无虑的童年？

日出日落，阳光是长了脚的，一天又一天，从不为人左右，只走自己的路。人望着它，只能感慨人生，一步步从零开始，又一步步归零，这一过程，充满着变数，也让人未知。所以，我们每个人日出而作，怀揣着希望，开始每一天的生活；日落而息，进入虚幻的梦境，将一些在尘世中难以实现的愿望寄托于梦境兑现。莫非这就是人生中最幸福的事？

忽然我看到一位老者牵着一头牛涉河而来，脚步的哗哗声虽破坏了河的静美，但我认为却有一种动态的美感。等他们上岸，我朝老者望了一眼。老者的眼光，似乎被岁月的风霜洗礼过，充满一种经历过世事的况味。身边的牛，眼神就有些呆滞，仿佛对时光存有一种傲慢。它旁若无人地径直朝我走来，大有与我大干一场的架势。见它气势汹汹地过来，我慌忙站了起来，闪到一边，生怕它那坚硬的犄角碰到我。老者见状，急忙挥动牛鞭，牛便收住四蹄，慢腾腾地走开去。这一过程只在一瞬间，却令我难以忘怀，尤其老者那挥鞭的潇洒动作，阳光下很美，让我呆呆地望了好久。

他们慢慢地走出了这片阳光，成了远处的一个黑点。我明白，不期而遇的他们，也应了人生在世，总在一个时分，会和一些人不期而遇。有的如平行线，不可能交会。有的成为知己、爱人和朋友。有的一举一动，就令人怦然心动。也有的形同陌路，视为敌人。我遇上的老者和老牛，就是一种缘，当为一种幸福，我要留下作为记忆来珍藏。

不知不觉，夕阳已经西下，天地间一片静穆，平静的河上布满了霞光。我知道，是该离开的时候了，就沿着来路，穿越喧嚣的尘世，回到了家……

这片竹子

一打开办公楼的窗子，就看到了楼下的一片竹林。眼下寒冬正在一步步撤退，春天的气息一天胜过一天，这片竹子也都铆足了劲儿，勃发着，一天青过一天。这喜人的景象，让我立即就能读懂它们于无形中，流露出的一种既让心振奋，又让心柔软的东西。

生活在这个快节奏的时代，几乎天天都在钢筋水泥筑就的城市森林里周旋，已经让人烦恼和疲惫不堪了，哪有空闲欣赏到这片青翠的竹子。这不像我以前在乡村工作，只要愿意走到任何一个村庄，那里都会有一片青翠的竹林。

那时它们一出现，总是紧拽着我的心，让我于不自觉中，就漫步于这片竹林。我就会听见竹节拔高的声音，竹与竹之间的细语，微风在竹梢的歌唱以及竹枝头鸟鸣的声音。倘若是做饭时间，我有时就会看到，炊烟在竹林间悠悠地升腾，想象着是哪一位大画家的闲情逸致；有时也看到，炊烟在竹林间突然恣意地翻转，又以为是哪一位大书法家的狂草……如今，竹林远了，它们也远去了，留在心中的唯有记忆了。

天天去单位上班，不曾对这片竹子留意过，所以也就记不清从何时开始阅读它们。可时间日复一日地过去，我也始终没有读懂它们。那个上午，有莫名的烦恼让情绪不好，我坐立不安，径直离开座位，推开了窗户，呆呆地看着窗外。窗下的那片竹子，仿佛善解人意，此时正绿意盎然，阳光下流碧滴翠，几只鸟在竹叶间飞来飞去，间或传出的几声鸟鸣，划破时空的静谧。而一阵微风吹过，竹林微微起伏。我发现，竹子的微伏，竟然也有诗意。

窗外没有人走动，走廊里也是静悄悄的，好一个静静的时空。我看到这些竹子纤细修长，枝叶紧密相连，层层叠叠中，令人捉摸不透。单看一根竹子，清丽俊逸，秀美有神韵，甚是惹人怜爱，可我无法数清具体根数。我知道，一根竹子容易被风吹折，一丛竹子就不会被吹折，这就是整体的力量。在生活中，我们无不如此啊！刚才，竹子的微微起伏，我以为，就是风的手，在竹子上面作诗抑或素描。风过后，它们弯而不折的身子又挺拔起来，站成了诗或者画。这些俯首又挺拔的诗或画，该蕴含着怎样的哲理？

站在窗前，静静地凝望它们，我的心情不自觉地就有了好转，隐隐里对它们有了爱意，也从中悟到了一些东西。我知道，竹子是一种很常见的植物，却被人们赋予了一些象征意义，可见竹子的不凡之处。这些竹子别看它们无言，却以此喻人。别看它们冷漠，却以姿态撩人。别看它们修长瘦弱，却以气韵摄心。它们聚在一起，成为一片，就是一种团结，就是一种力量，就能给人一份美好的心情。当竹子的这些精神沁入我的灵魂，苏轼说的"宁可食无肉，不可居无竹"这句话，就会令我自然想起。而"高风亮节"这个成语不自觉地浮现在脑海，竹子，又让我多了几分敬重。人生当如竹，我，甚至我们，该如何做呢？

大千世界，芸芸众生，有些人难免自私，很少顾及别人，这就缺乏了竹子的整体意识，也没有竹子的质朴和无私奉献的风范。我有时也会步入其中，混沌人生，得感谢这片竹子，在我烦恼之时，及时让我清醒，给我启迪，校正我前进的方向。

很想有属于自己的一丛竹子，可我住楼房，是没有土地来栽种它。无竹而思竹，是件痛苦或者快乐的事。那天下班回到家里，坐下来，就想起那片竹，便有了竹子带来的一些曼妙的感觉。蓦然胸中就有了竹，也就深知，在自然中，人与物种，谁也不能代替谁。自然中的生命，谁都有存在的理由，而生命的存在，就是一种快乐与幸福。

就这样想着，猛然一抬头，见书房的墙上空空的，忽然觉得，虽然不能拥有自己的一片竹，但那地方可以挂一幅名叫《翠竹图》的国画啊！

云缝里的阳光

一声鸟鸣，留住了我的脚步。一抬头，就望见了天。只见天空黑云密布，如一块幕布沉沉地压向地面。这只鸟像个勇敢的战士，咆哮着冲向天空。幕布瞬间被剪开，我的视线随鸟的飞远被拉长。

远处有雾，迷迷蒙蒙地掩藏了平时所见的一切。那个高傲的天，趁雾色茫茫，也俯下身子，似乎在与土地嘀咕些什么。而脚下的路，却不知深浅地一直延伸到远方。

这条路是新修的，至于通向哪里，我不知道。我只知道，路的远方是大片的原野。原野上没有庄稼，多是萧条的土地以及土地上枯黄的草、落尽了叶子的树木和一条清澈的小河。那些黑瓦白墙的村庄不见了，多的是富丽堂皇的楼房和别墅。熟悉的炊烟已经丢失好久，这个屋顶的庄稼，给人多少温馨的回忆；泥泞小路走出的年轻身影，锃亮的皮靴回来怕再也找不到路旁的野花；思念的邮票也不用飞来飞去，电话那头的一声祝福，就会充盈满堂笑语……雾中，远去的一些东西，总让人想念。

　　我将沿这条路走，一直走。走到哪里，对于我并不重要。重要的是我终将拨开雾的迷障，走进雾的深处，看看它究竟是实在还是虚无。实在的雾，就在我的眼前。我一步步向它走去，它就一步步地退却。不用我的呵斥，也不用我的驱赶，原来它很虚无。虚无的雾，我没有见过，但时常能感受到。它既看不见，也摸不着，一不小心，就缠绵上思想，让人剪不断，理还乱，别有一番滋味在心头。这样的雾，往往使人迷失方向，使人沉沦，原来又如此实在。

　　现实的雾，就怕碰见阳光。只要云缝里有一点阳光，雾也就四下奔逃，转瞬间不知去向。阳光明亮，雾很虚伪。阳光总令人向往，而雾却令人反感。阳光下我们不期望如坠云里雾里，我们都期盼朝着阳光的方向理想地生活。那些雾的存在，无疑被我们阳光下的生活所不屑了。

　　人们都愿意在阳光下生活，有谁愿意阳光下的生活有雾霭？这个冬天的早晨，有了雾，很正常。我向雾走去，也很正常。可这个雾，有点令我伤感。我的视觉很好，以往阳光下，我能望见远方的天空一碧如洗；看见远处的山峦如黛的影子；看见那条清凌凌的小河蜿蜒在村庄之中；甚至我还能望见小学校里那杆飘扬的鲜红国旗。这样的阳光令人愉悦，使人不得不佩服阳光的无私，阳光的真诚。很多时候，我都有这样的直觉，我希望能够在直觉里自己也阳光起来。

　　现在，我向雾走去。雾有些冰冷，似乎视线也有冰冷的感觉。我又看见了那只鸟，它停在远处一棵褪尽了叶子的树上。树上有一个鸟窝，就是它的家。鸟窝的上面，是疏朗的天空。天空是鸟儿的舞台，这样雾霭的天空，不知鸟儿等候什么？

　　带着这样的疑问，我站到了树下，以仰望的姿态看鸟。鸟不为所动，可能不屑我的到来。它歪着扁而平的脑袋，以俯瞰的姿态看我。用长而尖的喙，对着我啁啾。这啁啾的声音，分明是对我炫耀：这样的雾，也只有我才能拨开，飞上天空，跳出雾来看世界。

　　其实，人也能拨开雾看世界，不论是现实中的雾还是虚无的雾。人是聪明的，只要动脑筋，有什么事情不能办成？像现在的雾，已经很淡了。鸟儿还在啁啾，云层里，有很浓的白光在向外渗了，鸟没有比我先看到。

　　我不理鸟了，就向白光的方向望。白光的下面，云在流动，显然是云在调整部署。阳光要出来，云也只能让步。果然，一会儿的工夫，云缝里就显出了淡白色的阳光。那些耀眼的光线瞬间就穿透云彩，穿越雾霭，直射大地。风在阳光的纵容下也吹起了，它吹散了雾。雾消失了，大地清新灵动了。那鸟醒悟了，理理羽毛，鸣叫着向阳光奔去。

　　我呢？我的眼前不再有雾，眼前都是熟悉的一切。眼睛也不再冰冷，温暖的阳光温暖了眼睛，我拿温暖的眼睛，仰望云缝里的阳光。

叠翠之上是巨石

巨石山，原名小龙山，何为巨石山？最近身临其境了，看到那些山上的巨石在万重叠翠之上岿然屹立，千姿百态。我的记忆里就留下了深深的足痕，也迅即明白了巨石山名的缘由。那些巨石，以一种唯我独尊的态势直指天空，笑傲苍生。它又是那样雄浑和悲壮，可谓霸气。有一刻，我就被这些巨石的魅力所折服，被这些巨石的威猛所震撼，突发奇想，以为这些巨石就是石头花，是山开在大自然里的花朵。

这个季节，山上的植被茂密，或浓或淡地裹着山体，将一些沟壑的神秘遮蔽。而突兀于其上的石头，在不同处散落，或大或小，或单个或集群。单个的以巨石的形状呈现，集群的以花瓣的形式不规则围拢在一起，却又无一例外地秀着英姿，撩拨着内心的柔软，怦怦地激情奔发。也是的，这些巨石从任何角度看，都有着一种原始且刚毅的美，其厚重远超想象。

其实，它们还远远不止这些美，只要赋予想象，任何一块巨石，都该有一个神似的东西匹配。走遍这些巨石，就可看到神猿问天、蓬莱三仙、神牛卧波、金龟石、金蟾石、青蛙石、螳螂捕蝉等。一个个如此叫得响的名字，将遐想引到极致。何有这些神似的巨石？看山下浩渺荡漾的湖，明亮着天光，一些水鸟追逐着光亮，飞起又飞落，就不难想象山和这些巨石也是生命，它们无声无息走来，一走就是亿万年。

我想到了亘古时的大海，那时这里应该是大海的一部分，海水遮掩着一切，无数生命也在其中孕育。后来，由于地壳运动，海水经历了阵痛，海平面上升，大海退去了，山凸起了，巨石也就见了天日。日积月累，山体就有了绿色的植被，日复一日地更替，在滋润自己生命的同时，也成就着山的四季多姿和巨石的伟大。站在山巅，有风吹过，就见到这些绿色的海，起起伏伏，像是给这些巨石俯身致礼！可是巨石铁石心肠，不为它所动，谁也不知巨石的内心藏掖着什么。

岁月无痕，巨石起先并不是巨石，该是山体的一部分。山的阵痛，分娩了石头，那时山石嶙峋，狰狞在海水里。或许海水看不惯巨石的张狂，就想着去治理，于是，海水一点点地作用，就将它磨得没了脾气，在升上来时就成了巨石。我看见的这些巨石，也是在亿万年之后，在这些巨石身上，已经看不到它的嚣张，看到的都是它的平整，它的圆滑，还有它的执着。

但巨石展示的并非全部是它的刚强，它的性格上，还有它柔软的一面。经过一些硕大无比的巨石，我看见上面生长着葳蕤的小草，该是这些巨石怜悯这些草儿的懦弱，就在自己身体上裂开一道石缝吗？还有一些树木或者竹子长在巨石之间，这也是巨石的宽厚仁慈吗？更值得敬佩的是，有些巨石居然很乐意地任由一些藤蔓和苔藓爬满自己的身体，我看到苔藓上面有铜钱草、阴石蕨等。除了这些，还有下面紧挨着的一些荩草、鸭拓草、小飞蓬以及马唐草等，它们衬托在巨石的下面，有以巨石为荣的炫耀吗？而巨石是被我以为是花，是无形的生命，这些草是有形的生命，点缀在巨石的下面，让人浮想联翩。它们一柔一刚，有形无形，刚柔相济，不也很有哲理吗？

还有一些野生的白玉兰，悄悄地躲在巨石后面生长，这也是将巨石作为它们的靠山吗？在一块巨石后面，我凝望着青郁的白玉兰，看着叶间的花苞依旧紧裹着，竟然感慨万分。一根细长的藤蔓，像一条绿蛇一样伸着头向上攀爬，它细长的藤须抓住石头，哪怕一点巨石的纹理。不可说生命不是顽强的了，从这根藤身上，生命的重要性，不言而喻。

巨石之间也有空隙，这就是洞了。这洞百折千回，宽窄不一，如龙般从山脚一直伸到山顶。这洞不是全封闭，间或在一些地方露着空隙，一些天光洒进来，也让洞穴感受到希望。洞外是天，有日月星辰，有风风雨雨，有人情世故，洞不能一直深藏，也得享受啊！洞内流淌着水，细小的样子，像是山体汩汩流的泪，许是深藏久了，水却是那般清澈，使人不忍心去踏脚行走。

行走在巨石组成的洞中，即是行走在巨石花的花蕊里，我感受到了巨石的神秘，觉得是很有意义的行动。而当走出了巨石的洞穴，站在高高的巨石之上，环顾四周，远处一派苍茫，近处大片叠翠，尽收眼底。我竟有些飘飘然了，看绿海包围之中的巨石，怎么都是花呢？是的，这些巨石就是花。它开在山上，也开在我的心中。

铁锚的守望

这是个下午，阳光打在江的两岸，使得澄碧的江水荡漾着一重重的金光，而两岸葱郁的群山，明显着墨不均，就有这一块深褐，那一块清浅了，像是人的两面。它们倒映在江中，却是一副沉静安详的面容，更像是一幅水墨画。被这样的美景吸引，我一步一步地沿江堤而下。

还没到季节，江水还不是很丰腴，江滩裸露得很宽，半干半湿的。一些水鸟的趾痕，不规则地烙在半干半湿的江滩上，是一张张图又像是一个个字，我看了许久，就是没看明白。那些杂乱的绿草，在半干半湿的江滩上蓬勃生长着，简直有些肆无忌惮。远处临近草丛的地方，在一个什么物件上停着一只水鸟，它正在鸣叫，像是在呼唤什么。

循声而去，水鸟慌张地飞了，我看见了一根锈得彻底的铁锚，一根锚爪深深地扎在它一直深爱的泥土中，其他几根锚爪还在不失尊严地伸张着。这该是一根被人废弃的铁锚了，在它身上，我就没有见到那一环扣一环的沉重和坚韧的链条。铁锚的主人呢？它所依附的船呢？

不远的江边，停泊着一艘大船，上面弧光闪闪，显然有人在修船。而在岸边，一根铁锚无声地扎在泥土中。紧邻大船的是一艘小船，一根小点的铁锚，将它牢牢地固定在了那里。这根铁锚，与那两根铁锚无言相望，看不见彼此的眼泪，也感觉不到彼此的悲伤。然而，我还是从彼此的相望里，读出了一个是英雄的踌躇满志，一个是英雄的落寞忧伤。

　　岁月是把无情的刀，这根铁锚曾经的辉煌和荣耀，已被这把刀切割得体无完肤了。尽管这样，可是我怎能忘却它的曾经，沿着它被岁月切割成的纷杂而凌乱的碎片，我寻找它的那些腥风苦雨的日子，在江水中的颠簸，在上下水的旅程，在归程中的欢欣。我问岁月，问江水，问两岸的山峰，却得不到回答。望向这根铁锚，它也无言，只是一味地呈现它的黄褐色的锈。阳光一如既往地镀在上面，生动而又执着，读着阳光下铁锚的锈，似乎一瞬间，就读懂了它历经岁月的况味。

　　这根铁锚的周边，是丛生的杂草，年年岁岁都相似，岁岁年年都与铁锚一起守望。杂草守望什么，不言而喻。铁锚的守望，该不会是在等待一个懂它的船长，好让它重新披挂上阵？可是，过去的就过去了，现在的还没有来，未来的不可期，这根铁锚，裸露在蓝天下，躺在泥土上，又怎能轻易地忘却它曾经的辉煌和荣耀呢？

　　久久地凝视这根铁锚，思绪就像旋转的陀螺。我不知道铁锚是何人的发明，也不知道何时用到船上。但我知道，明代永乐初年，郑和船队下西洋时，那些船该是收起铁锚，在浅唱低吟中，浩浩荡荡出发的。如今在当初的出发地太仓，有一尊铁锚守望成了雕塑，底座上"锚泊瀛涯"四个大字，赫然醒目。而巨大的铁锚，倒竖于波涛岩石间，粗大的铁链环于铁锚周围，锚的尾部，一个巨大的罗盘正指引着方向。这沉重的铁锚，当时应该给予了郑和一份坚定的信念，给予了船队一个强大的精神支柱！

时光过了若干年，中央电视台进行甲午战争及海军相关遗物的考察组来到日本冈山县郊的一处荒僻的山岭上，就发现了被日军俘获的北洋水师镇远舰的铁锚。水师的战士早已远去了，只有这铁锚还在，却在异国他乡。虽然无语，但它不屈的姿势，依旧在无声地传达着当年令人血脉偾张的场景，似乎它把全部的记忆浓缩在了那个甲午。这百年前的耻辱，激励着当今的奋起，流落在日本的镇远铁锚，每一个日子的守望，应该都有着警示。

我还听说一位海军将领死后，他的墓碑上只刻着一个铁锚。原来将军死了，还得让吊唁他的人们知道，他是多么深爱着大海，深爱着铁锚。如此，铁锚的意义，无形中被拓展，胜过了千言万语。

眼眶有泪在转了，以至我不能再深入了，只好回到眼前的这个铁锚。铁锚在阳光的照耀下，沉稳得如刚毅的男人。它的一根爪深扎在泥土里，其他三爪，还在空中舒展着，有英雄无用武之地的落寞。看它的样子，我就想，这根铁锚的使命远没有结束，那不变的姿势，似乎就是在等待着召唤。

我发觉铁锚的伟大了，不由得抚摸那生锈的身子。恍惚间，突觉铁锚入水，一下子连接起了茫茫苍穹，连接起了大江的起落沉浮。

这就是铁锚，一个硬铮铮的汉子，它不能奋斗在江水上了，只能默默地守望。我以为这守望，就是对岁月积淀的守望，就是对滚滚流逝的江水的守望，就是实现价值的守望，就是对美好生活的守望……

在铁锚的守望里，我走来了，还会有人走来的。

沟谷的呈现

　　到了山的深处，还得沿沟谷徒步涉溪行走几千米，才可抵达最深处的大龙井。那里有条落差很大的瀑布从崖上飞下，远看像一个粗重的感叹号，近看却如一条白色的绸缎。崖的岩石上有个自然形成的深窟窿，四下里汇聚的水从上面流进，又漫出，就是所谓的井了，据说有条大龙从这里飞出，被人叫作大龙井。

　　崖下有潭，面积不大，却深不见底。飞泻的瀑流撞击岩石，生成一朵朵的水花，落水又是一圈圈的涟漪，像是曼妙女子脉脉的秋波。深潭的水是墨绿的，与山体的颜色辉映。当地人告诉我，水下的崖壁有深洞，有一年大旱，几十人竟没有抽干里面的水，却捉到一条大的娃娃鱼。就有人好奇，在崖上的深窟窿中扔进了一块石头，好久都没有落到底，该是与水下的深洞相通。

　　深潭的边缘是浅滩，有很多大小不一的鹅卵石，潭水到了这儿，便显清澈，可以看见一些幼小的通体白色的虾子，人一接触，就迅疾地躲开，寻不着了。过了浅滩，就是偌大的几块石头，深潭的水既从大石头中间穿过，又跌落下来，便有了哗哗之声。这像是溪水在沟谷这架钢琴上弹奏的音符，其音清越，其音动感。沟谷里都是这样的大石头，这情景，在漫长的沟谷，到处都是。

而沟谷是原生态的，蜿蜒如长龙般，我自命名为大龙井沟，可是当地的人并不这样叫它，只说是檀栗树包下的西河沟。显然沟谷两边的山上檀栗树居多，但我在沟谷的周围并没有看见几棵，所见的几乎都是常见的松树、杉树和高高矮矮的灌木丛。这个季节，群山有了这些，就或浓或淡地葱郁着，那些沟壑的神秘也被遮蔽了。我们在这沟谷行走，一边跳跃于大石头上，一边赏两边的青山叠翠，危崖高耸，山花烂漫，既刺激又新鲜，既有趣味又很有意义。

沟谷里有数不尽的石头，这些石头或大或小，或圆或方。柔软的溪流在中间穿行，或越石头而过，或在几块大石头支撑出的洞穴里穿行，或缓缓绕行于石头的边缘。石头的布局无规则，溪水的流淌也就无秩序，平日里它们一硬一软，相处和谐。而一旦到了洪水季节，这溪水就像咆哮的狮子，它震天的嘶鸣，吞噬了石头，淹没了绿草，甚至冲走了山上的一些树。

看来，看似柔软的水，发起脾气来，岂是几头牛就能拉回？石头在岸边也有，却大都与山体靠近，似乎还对山体有些不舍。这些石头与溪水中的石头，几经岁月的打磨，表面已经光滑或者趋于光滑，几乎没了脾气，都已脱离了原本的嶙峋或者狰狞。而在亘古的洪荒，它们原本就与山连在一起，是山的一分子，或是岩石，或是山峰，上面应该都存着厚实的土，长有树木和草，甚至还开过花，停留过生命。可岁月是一把柔软的刀，亿万年来，通过柔软的水，于不经意间，就让山的母体阵痛，产生了沟谷，分娩出这些坚硬的石头。这些石头，虽然外表圆滑，散发着柔润的气息，但我依然看到了它那坚硬的内心，究其根本，还是在恪守着大山的尊严。

两岸的石头之间，长有很多芜杂且蓬勃的绿草，它们又以蔓延的态势，在沟谷之上或者沟谷之下，诠释生命的意象和张力。这些草，有扎根在石头之中的，以自己的柔软比试着谁更坚硬。也有以身试水的绿草，以自己的柔软比试谁更为柔软。但在时光的深处，多少回的比试，尽管生命年年更替，可草还是草，却不是原先的草。水还是水，也不是从前的水。石头还是石头，更不是原先的面目。它们，无论是谁，都敌不过更为柔软的时光。来过这里的人无数，将来的人也会无数，那他们看过的草、水和石头，在眼里都该是一样的形质吧！

我在石头上跳跃，也跳跃过许多的水和许多的草，这些相伴相生的且有各自生命轨迹的物种，都是值得尊重和回望的。我在一块大石头上停下来，想这些事情，正好有微风吹过，我似乎听见了那些草发出的轻微笑声。虽然是这一季草的微笑，但上溯到那些无数季草的微笑，就不知它究竟笑过了多少岁月，多少路过的石头和流泻的溪水。

石头阻挡不了我的行程，也阻挡不了生命。在沟谷的深处，几块大石头下面，有一棵河柳正生长在几块小石头上，其树身的粗壮和黝黑，证明在沟谷已经有数十年。我不知道它是如何成长起来的，光那每年咆哮的山洪就够它受的了，何况还有狂风以及一切不可逆转的因素。

可存在就是对生命的肯定，就使生命有了更深的内涵，我不愿去想它在成长过程中的艰辛，我只看它那粗壮的根，牢牢地扎在了石头上，让石头成了几块，这可是生命的本能也是生命的顽强。似乎我感知到它们都在运动，只不过一方的力量强大了，另一方的力量弱小了。这一现象，让我对自然的柔和刚的惯性思维有了动摇，对自然的生命规律也有了改变。

石头、草、水、树以及这里的一切，都是沟谷的生命，于百万年、千万年甚至亿万年之中，它们之间和谐统一着，并且构成现在的原生态。所以，我来沟谷阅读，绝不会带走沟谷的任何东西。

窗前的棕榈树

只要我打开二楼的窗户，就会看到那棵棕榈树。它长得很快，已经与二楼平齐了，时光如水，再过些日子，定是会超过的。到那时，我再也不能平视了，得要尊敬地仰视，这也是对生命的一种尊崇。

这棵棕榈树，原先装在缸里，被一楼的主人作为观赏盆景放了屋内。某一天，主人看它时，发现它不能再在缸里待着了，已经变得又粗又大，大有破缸而出的态势。就以为它的生命和志向，应该到更适于它的世界中去。这样它就被主人从屋内的缸里移到了窗前的地里。

那天我回来，见到窗前突然有一棵小棕榈树，便心生欢喜。它的身子虽矮小却很粗，全身布满硬硬的棕色毛发。根部密布的是白如豆芽般的根须，成圆圈般密密缠绕着，像是一群孩子，围着母亲在吸吮。上部，却伸张着许多裂开的绿色的大巴掌，像是伸出的无数根手指，又像是千手观音的纤纤细手。这些巴掌，一律依次地向上伸着，虽有些朴拙，却有着层叠的美。

有了这棵棕榈树，窗前就不再寂寞、冷落和单调了，我就以它为我窗前的风景。也想为它写点什么，但始终没有动笔。没写，是我看它太平常了，还是对这平常太无所谓了，我找不出原因，却又常常自省。

一早起来，天空阴暗，还飘着雨丝，就听到窗前的棕榈树上有淅淅沥沥的声音。听着听着，我高兴了，这春雨贵如油呢，竟来得这般早！而刚过去的冬天，没下过多少雨，只下过不大的一场雪，土地该是渴了，棕榈树也渴了吧，可是，雨声，并没有大起来。我索性走出门，站在棕榈树前，听雨打棕榈叶，任头发被淋湿。

春雨微寒，不一会儿，身子有些哆嗦了，就往回走。想想又回头，就见那棕榈树，一点也不慌张。雨中的它，仍在抖擞着精神，那一片片的棕榈叶，明显比平时光鲜了很多。哦，原来它是不畏微寒的，棕榈树远比我懂得享受。我不能与它比了，万千的无奈，我的傲慢，我的矜持，全都被它打败了。

不久前，与朋友一起去一个山谷。在满目萧条的山谷深处，我们发现在一块岩石顶上，伸出了几根细小的枝杈，上面开满了野花，粉红粉红的，有一种野性的美，就想上去拍摄。而岩石的周边，长有许多落光了叶的灌木，拨开它们，豁然就发现里面竟长有一棵小棕榈树。就好奇这人迹罕至的地方，怎么出现了它呢？

我正在思索，突然飞来一只什么鸟停在了灌木上，瞬间就明白，山谷幽深，山又连绵几重，它绝不是风送来的。这该是一只什么鸟，在某个地方吃了它的种子，飞到这里将粪便拉在这里。日久天长，种子不嫌土地的贫瘠，也不管环境的恶劣，就在灌木丛的掩护下，悄悄地发芽、生根、生长，而且还会一直地生长下去。

再看这棵棕榈树，显然不是这只鸟带来的，那么一定是之前甚至更远之前的它的前辈带来的。而鸟将一个生命带到了另一个地方重新鲜活起来，原本是其无意识的举动，当有了新的生命出现，无疑就是成就了。如此，鸟伟大，生命更是伟大！

夏初的时候，我见过棕榈树开的花。它的花与别的花不一样，不是一朵朵的，而是一串串，黄黄的，如悬挂着的一串串葡萄。花开后，还会结出一串串淡蓝色的球形核果，大约就是种子了。风一吹，有些就落下来，没落的，大抵就被鸟吃了，以鸟粪的形式落到各个角落。现在，窗前的它，还没开花，正在酝酿着花期，春天在向前走着，它也在向前走着，等到夏初，又该是一树悬挂着的黄黄的"葡萄"啊！

微雨还在下着，似乎又有清新的春风吹过，那一树的棕榈树叶就迎着春风，千百次地动了，像是千百次地在向我招手。一片又一片的棕榈树叶，既湿得清新，又湿得厚重，分明是一位好客的人啊！我不顾微寒的雨了，再次走近，忽然就看到了它的顶部，那棕榈叶子的根部，密密的棕毛之间，正有许多鼓起的地方，那该是它正在孕育的花蕾吧！

在这微寒的春雨中，凝视它，我的心稍稍有了些许安慰。以后的日子里，我会天天来看看它，与它说一些话，愿做它的一个朋友，守着它花开花落。

山上的羊群

在山间穿行，忽然看见不远的山坡上有一群雪白的羊。其白色的身子，忽隐忽现在绿草和灌木丛中，其轻盈、其飘忽，如幻梦一般。那一刻突觉有一种美，一下子挤到眼前，使我几乎窒息。慌忙甩开众人，拨开路边的草和灌木丛，急速地靠近羊群。

而我的不请自来，该是打扰了羊群的宁静。就有领头的羊冲我走来几步，又停下来，眼神泛着异样，一对硬硬的羊角正对着我，似乎要与我大动干戈。它身后的一群羊，也停止了咀嚼，纷纷扬起头好奇地朝这边看。这阵势弄得我好不尴尬，只好停住，以一种善意的眼神目视它们。短暂的静默，领头羊见我并无恶意，倒是先放下了警惕，转身回走，安心地吃草去了。其他羊见头羊如此，也都将头低下，羊嘴重又扎到绿草中。此刻静寂，一切像是没有发生，可我分明听到了自己急促的心跳声。

山上怎么有这些羊？一路走上山，没有一户人家，只是山脚下零散着几户，他们离这也有五六里地的样子。许是几户人家里的一户养的羊，这山上的草茂盛，能伤害羊的狼早就绝迹，养羊的人自然就把羊散放到山上了。我问陪同我们上山的当地人，山上怎有这些羊，他的回答竟和我想的如出一辙。

如今的山，植被好了，一派葱茏。太阳明晃晃地照着，让山丰富多彩。可阳光的着墨不均，使得这里一块淡绿，那里一块深绿，一幅水墨画的样子，很美。我们走在山间，瞬间就会被这些"水墨"吞没，仿佛是走在了它的腹中。一路上来，都没有见到村庄，也没有见到路人，更多的只有蓬勃茂密的草，许许多多的树和灌木。我们走久了，也会产生审美疲劳，好在不时有一些野花出现，化解了一些枯燥和无聊。但当白色的羊群出现在这些中间，尽管只有这么一群，也就足够令我们惊喜了。

这儿靠近长江，以前是不养羊的，羊的故乡在北方，那里遍地是羊群。我曾去过茫茫的大草原，蓝天白云下，白色的羊群缓慢地挪动，仿佛时光也被羊群牵着在缓慢地走。印象最深的是在去青海湖的路上，左边的祁连山温婉，一如安静的女子。那平缓的山坡上，不时见到缓慢流动着的一群一群的羊。而右边的昆仑山险峻，一如威猛的汉子。这样的山我更喜欢，就用更多的时间去看。

这山几乎没有植被，随处可见嶙峋的悬崖。起先并没有注意悬崖上有什么，但后来拐过一处弯，竟然见到远远的悬崖上有一个黑点，就以为是凸起的一块石头。渐渐地近了，那黑点竟在移动，大大出乎我的意料。终于到了跟前，让车子停下，仔细一辨认，原来是一只灰黑色的羊。以为是野山羊，却知道那是不大可能的。

有人说，那也是家养的，可能是走丢了，或是这羊特立独行，贪图这边的风景，误到了悬崖上。而悬崖陡峭，羊自身是有本事上去的。曾看过摄影图片上岩羊在悬崖上如履平地行走的介绍，也就知道大自然的生存法则，赋予了羊的这个功能，这一点上，人在某些方面进步了，某些方面则退化了。

灰褐色的悬崖，突兀在蓝天之下，那只羊无疑是主角。见到停下车来看它的我们，羊一点儿也不惧怕，默默地对我们看了一会儿，就在悬崖边舞蹈起来。湛蓝的天幕无边无际，阳光无处不在，极小的它在悬崖边放任自我，轻盈，飘逸，拽住人的目光。而我感觉，灰黑的羊在这样背景下那么灵动、自然并充满信心，这似乎不太真实，却又很真实，就像微风吹来，又吹走。

如今山上看见的这群羊，它们来自哪里并不重要，在这山上的存在就是事实。我在羊群附近待了一会儿，想着该有人来唤羊，可仍然没有人来。养羊人要多久才来接这些属于他的羊呢？也担心这些羊一整天独自在野外过日子，山上除了极其广袤的冷寂和极其广阔的绿之外，没有什么能保护的东西，这些羊会不会害怕？然而我的担心却是多余的，羊对于自然，更多的是不露声色，或许比我们有着更深刻的理解。我认真地去看羊那宁静平和的眼睛，心里忽然升起一种说不上来的感觉，让我在心底不停探问着。

后来陪同的人告诉我，羊放在外面让它们吃草，省了人的精力。每天一早，主人就将院门打开，放羊上山，主人就做事去了。到晚上院门打开，领头羊自然将羊群领回来，羊群是熟悉这种程序的。这早上放出和晚上回归的情景，每天都是这样上演，想来也是非常有意思。

我不知道这些羊群的最后归宿，我知道以后我还会遇见其他的羊群，但这回看见的这些白色的羊群，会不会叠加到后来的羊群身上，它们像一群影子，在风中悄悄地出现又在风中悄悄地隐没。

一棵树

　　黄昏时分，正下着雨，也刮着风，却有些偏大。风从北面吹来，雨柱就向南斜，雨伞只能用力撑成斜样，人的行走就有些异样，半个身子也就湿透了。雨中的小区，三两个行人，都吃力地撑着雨伞，我们的这一形象，如风雨中的舞蹈者。

　　我正缓慢地走着，忽然间看到身边倒着一棵树，横跨整个路面，像是单位门前车辆进出的升降杆。树是樟树，好在不大，倒的位置，恰好能容腿迈过。有的人经过，没犹豫就跨了过去。有的人经过，停了停，看了看，嘴巴动了动，最终还是迈了过去。

　　我走到跟前，停了停，看了看，见树还是活的，一点儿看不出它的悲伤，它的根部仍有一小部分连着土，但大部根茎被拔出了土，裸露在了风雨中。它静躺的样子，似还在熟睡着，仿若刚发生的事情与它毫不相干。可我心痛了，有了一丝怜悯，想与它说说话，抚慰下它的痛苦，可它不语。无奈，抬腿迈过去，但走了几步，想想，又转

143

回身，迈过来，一手撑伞，一手移树，毕竟它挡在道上不是事。

可一个人一只手移树有些难，我用尽力气也没奈何它丝毫。有一个人撑伞过来，见我很困难的样子，就帮我。两个人合力，终于将树身移到一边的另一棵树下，而它连着土的根也跟着转向。本想趁机将树扶正重新栽好，可周边楼道门都闭着，一时没法找到工具。帮我的那人说，这棵树倒过一回了，被人扶正栽了，又活到现在，万幸啊！这人说话语调平缓，却让我信心十足。是呀，树也是生命，社会上的好人有很多，雨后一定会有人扶正栽好的。

另一棵也是樟树，上面正有一只鸟停在枝丫。我看它的时候，它没发现我，只面对着倒下的树。我瞬间就明白了，倒下的树，该是它曾经停留过的，那儿该有它的快乐时光。忽然我就有了几分敬畏，一动不动地陪它。这样静默了几秒，鸟突然叫了几声，其声凄切，其声哀婉。恍惚间，有一种痛的感觉，弥漫而来，似乎一瞬间就钉在了我的血脉上。这是在哀叹这棵树的倒下，还是在追思它曾有过的时光？可惜，我不懂鸟语。

树，是生命；鸟，也是生命。鸟与树，相依相生，可谓情同手足，情意深深。可树的倒下，鸟的哀鸣，也是正常之理。而人在自然里生存，是离不开鸟、树以及大自然的一切的。有了它们，自然也就丰富多彩，奇妙无穷。小区的道上有了这些树，不仅让小区不单调、不寂寞、不孤独，也让小区有色彩、有活力、有希望。所以我以为这棵树的倒下，只是暂时，鸟也不必这么悲。我又抬头望鸟，鸟也望着我，几秒后，不知为何鸟飞了，倏忽间在雨幕中就看不见了。

天空灰暗，风雨依旧，暮色很快降临。周围一片寂静，小区的一侧，路灯开了，微弱的光线里，只是不时遇见蓬勃的樟树。走着走着，总觉得少点什么，一会儿才猛然想起，平日黄昏里有一树的叽喳声，这时间竟没有听见一声。太奇怪了，风雨里，它们都去哪儿呢？

不久风雨歇了，我从外面折回来，就见那棵倒下的树已经站立在原来的地方，似是刚才一切都没发生过。而重新扶正它的人并不重要，关键是它又站了起来。这个时候，天色更加灰暗，远处的树木模糊，似乎藏掖着什么。

一些鸟声从那边传来，打破这灰暗里的寂静，是那么让人充满想象。

走廊里的荷花

  所在的单位搬了新地点。刚搬进的那会儿，单位除了给办公室配置了一些花草外，还在上下楼道上，放了一些常绿的植物，诸如滴水观音、观赏竹等，给单调的楼道增添了风景。人们每天上下班一看见它们，似乎缓解了压力，来了精神。而且每层的走廊也没有封闭，天光云影跑进来，都市的风景和人车声涌过来，又有身处闹市此处独静的况味。可我每每经过，总觉出还缺少了一点，至于是什么，一时也想不出。

  一个清亮的早晨，我上班挺早，低头快步走上四楼，不经意地抬头，一朵亭亭玉立的荷花就豁然跃于眼前。恰好有一缕风经过，宽大的荷叶随之微微地颤抖，荷花也频频地颔首，姿态极为优雅，似是娇羞的可人儿。此刻楼道静静的，只有我与这朵荷花的对视，荷花不语，我也不语。

  荷花是栽在了一个废旧的塑料桶中，几片宽大的荷叶遮住了桶面，而桶里也有一片荷叶遮住了水，里面水有多深，有多污浊，几乎看不出来。这无关紧要，毕竟荷花是在桶里开着，并且还不止一朵。另外一侧的桶边也有一朵，只是还没开放，在那细长的秆上，顶着一朵花苞，其青涩的样子，像在做一个绿色的梦，又像等待着一声号令。

这桶上荷花的开放，究竟被我看到了，这一刻我是幸运的。我急切地走近，俯身来看，就见它白里透红的花瓣，像无数个乳娘，一重紧密着一重，又紧紧地围拢成圈，拱卫着里面嫩黄的莲子。那些莲子，也就如婴儿般酣睡着。

与生俱来，荷花我是喜欢的。它那白色的花朵开放于浮世，任凭世间诡秘风云，所处环境的恶劣，依旧不失出淤泥而不染的本色，就让很多的文人雅士为之讴歌。宋周敦颐的《爱莲说》，我很早读过，深为莲的高洁所折服，发誓做人当如莲。可事与愿违，我所处的尘世，极易沾染一些为世人所诟的东西，很难独善其身。我在其间徘徊、挣扎，难逃脱世俗的风雨，或多或少地也有了一些不应有的东西。有时，我不如一朵荷花的清爽，一朵荷花的高洁。

单位走廊的荷花，本该出现在它喜爱的荷塘，可为何偏偏在此出现呢？这应该不是单位所为，而是某个人的行为，这人可能爱好荷花。狐疑之时，又来了几个早上班的人，他们也在赞叹荷花，有一个人说，这桶荷花是保洁的大姐昨天从她休息的地方搬出的。旁边的一间房就是，门开着，我探头看看无人，就退出来，一回头，见到保洁大姐手握着拖把，在一边的楼梯口微笑着。

保洁大姐喜欢花，我是知道的。单位还没搬过来，休息的办公室经常有她从家里带来的花，不是名贵的品种，都是极易养活的花草。每当从她那儿过，看到里面养的花花草草，我就忍不住停下脚步，进去看一看。而我进去，也总是看到她手里捧着书或报纸在看，其神态的专注，仿佛书里有什么颜如玉。这回她将荷花搬到走廊，是让单位里人都能看到，还是让单位里的人都有一颗冰清玉洁的心呢？我究竟没有去问她。

走廊里有了荷花，这几天走廊里明显热闹多了，有人有事没事都上来看看，或者下来瞧瞧，拿出手机拍照，说得最多的一句话，无疑是"想不到废旧的桶也能养出卓尔不凡的荷花"了。但我以为，这荷花本不该在桶里屈就，它生命的空间应该在本属于它的荷塘。可是荷塘，城里是没有的了，单位里的人也不可能天天有时间去郊外看它。走廊上的荷花，也算是保洁大姐歪打正着地将郊外荷塘的一个切面搬进单位了，代表着广袤原野上那无数的荷塘。

走廊的荷花还在开着，而且有越开越艳的态势。每次经过，我都会深情地望一望它，同时，也在心里给自己提着醒，时时以荷花的精神作为自己行事的准则，从而立于当世。

守望家园

　　天空堆积了大量的云朵，将太阳遮蔽了，地上不时拂过微风，有一种清爽的感觉。立夏后这难得的好天气，令我有了郊游的冲动。去哪里？自然就想到了酝酿已久却始终未能成行的画家孙书正先生位于城市十几里外的砚耕斋。

　　骑行1小时左右，我与友人抵达村庄边，孙书正先生闻讯赶到路边，以他招牌式的未语先笑，迎我们进了村庄。孙先生居住的村庄，绿树环抱，周边田园簇拥，远处青山朦胧，我一踏进，不禁就将唐人孟浩然的"绿树村边合，青山郭外斜"读了出来。

　　孙书正先生非常谦虚地对我说，这儿的意境与诗里写的还是有些距离的。久困于城市的我听了，就不自觉地以"你还要怎么样"进行了反辩。孙书正先生也不辩驳，只是说，这片家园不久将要消失，开发区行进的步伐就快到这里了，去年我这里就登记了。

　　闻言，我愕然，抬眼就望见远方那肥沃的土地上正有挖掘机在紧张地施工，我的眼瞬间就模糊了，似乎那挖掘机发出巨大的轰鸣声正轧过土地，越来越清晰地向我咆哮而来。我一惊，又回到现实，不无遗憾地对孙先生说，家园没了，你的砚耕斋也没了啊？孙先生笑着说，家园我已了然于胸，无论在哪里，都是我的砚耕斋。

孙书正先生的家，是座建于20世纪80年代的小楼，与村庄里所有房子一样，虽显得古旧破败，却有一种残缺的美。楼的后面有院，栽有枇杷，正是枇杷上市季节，树上结着很多黄澄澄的枇杷，甚是引人嘴馋。紧邻的是一大丛凤尾竹，它们簇拥着，成就着如伞的绿色冠子，也是一个不错的风景。再过来有一棵李树和一棵梨树，碧绿的叶下面，都藏掖着许多弱小的李子和梨子。

靠院墙边，则是一棵香樟树，有鸟在上面啁啾，这鸟声附和着村庄其他树上的鸟声，动撼着村庄的宁静。楼的前面则是土得掉渣的机耕路，坑洼的地面上裸露着许多石头和枯叶败枝，都是些自然的东西。过路，就是一大块空地，上面种有许多树，有樟树、槐树、臭椿、乌桕、银杏等。这些树中还夹栽着果树，在一棵香樟树边就有一棵枣树，另一棵刺槐后面也有一棵枣树。在枣树的中间，有一棵石榴树，一树的石榴花正开得红火，轰轰烈烈地打扮着这个夏日。

这些树的前面就是一处池塘，但塘水几乎干涸，一些乌黑的淤泥正朝天显摆，一群鸭子就在上面嬉戏打闹着。我不禁唏嘘，孙书正先生说，以前池塘满水的时候，满塘的荷花，甚是迷人。孙书正先生是工于山水花鸟的，尤其钟情于荷花，他画的荷花别具一格，那荷花的风骨在他的画笔下表现得淋漓尽致，从中既可以读出诗情，又可以悟出蕴藏着的人生哲理。他所有房间里都挂有他所画的荷花，我就一个房间一个房间地欣赏，觉得他画的荷花，千姿百态，有一种如临其境之感。荷花出淤泥而不染，人悟荷花也可以得出一些东西，纵观孙书正先生的每一幅荷花作品，我觉得都代表着他的人品和他对自然的亲近、对生命的领悟。

认识孙书正先生好久了。孙书正先生平易近人，每次见到，他都着不同颜色的唐装。再加他留的胡须，给人的印象就有几分仙骨，完全具备一个画家的特质。接触久了，我还得知他写得一手好散文，是省作协会员，这又令我对他刮目相看。是什么造就孙书正先生有如此成就呢？在他居住的村庄，我周边一走，就找到了答案。

离开他家，我们来到村庄边。大片的田地与村庄毗邻，那些收割后的油菜茬还残留在田里，种着蔬菜的土地上泛着翠绿的颜色，棉花的幼苗正生长在温热的土里，低处的水田里一个农人正开着拖拉机在翻耕，这大片的土地，一派生机盎然。我离开他远了些，又在一处大池塘前回望。他背向我，面朝远方一片树木葱茏的山冈。我知道，那山冈就是南山，它因清桐城派大师戴名世而闻名，戴名世因《南山集》而获罪被腰斩，其墓就在南山上。他别字南山耕人，想必也与此有关。此时，我远远地看着他，觉得他就像是长在田埂上的一棵树。

树，长在土地上，是因为它深爱着大地，同样，孙书正也一直深爱着他脚下的土地。而挖掘机、混凝土无时无刻不向着他深爱的土地逼近，土地在一片接一片地缩减。此刻，他站在田埂上，低头不语。我在猜想，他一定是想把自己像树一样深深地扎进这片土地里，表达他对无度扩张土地的抵抗，用他的身体捍卫他深爱着的土地。

是的，土地养育了他，是他源源不息的创作源泉，因而他把土地当作生命看待，他无法接受没有土地可供劳作而闲散地活着的现实。然而有了土地，他心里更踏实了。对于这片土地，他是不是它最后的守望者？不是，也是，我却那么不愿意看到。

"在诸多的艺术中，我选择绘画，作为自己恒久的精神领地，它是我心中的禅，使我明心、安心，在小我大我、抽象形象、有为无为、出世入世、理性感性、传统现代间体悟哲理，体验欢悦，完善内心，净化灵魂……"这段话是孙书正在散文《寻觅精神的家园》中说的，这恰好就是他人生的追求和写照。文品如人品，在这片土地上，他融入了这片深爱的土地，又在其中超越，看淡人生，笑对红尘，将自己的毕生精力融入画作中。

午饭是清一色的农家菜，这对久违的我，又是一种享受。席间，吃着清香的土菜，我忽然就明白，孙先生不愿在城市里栖居的缘由了。这里是孙书正先生的家园，田边屋舍，绿树环绕，鸟鸣声翠，空气清新，土地又有着自然的芳香，也自然地生就着孙先生的作品。

站在孙先生的家园，看着一草一木，我就以为，家园，总是美好的。有家园在，世间，因此而美好。

开小店的女人

　　路过市府广场，无意折进了路边的小店。进去一看，就愣住了，店里的女老板，原先与我住在同一栋楼里。此刻，她正对着我微笑，我被这笑迷惑，一紧张，慌忙中就说："怎么你在开店？"印象里，女人在工厂上班，起早贪黑的，每天都很辛苦，见到她，是一身工装裹着她那瘦弱的身子，一头秀发黑黑的，一双眸子，依旧是山泉般的清澈，似乎还透露着一些对美好生活的向往。见到我，她总是一双眸子先亮，然后嘴角轻轻一扬，几颗洁白的牙齿露出后，微笑便浮在了她那清秀的脸庞上。出于礼貌，我也报以浅浅的微笑，算是打了招呼。

　　楼里住户变换频繁，有些住户相见还是陌生。女人也不是原住户，什么时候搬来的我记不清。只是住在我的楼上，上下之间多少还有些瓜葛。但我对她家的了解不是很多，偶或的几句交流，也是在她与男人一起上楼的时候，这无非是些"回家啦""早啊"之类的话。她的男人是个教师，学校在乡下，只有双休日才能回家。但一回家，男人总是很忙，忙完了家里的,也忙家外的,我很难见到。

女人什么时候开的店,成了我的疑问。好奇中就问女人:"为何开起了店?"女人听了,说:"工厂效益不好,濒临倒闭,我还能做事,还想着做事,与其在工厂耗着,不如跳出来另谋出路,正好有个熟人开的这个小店要脱手,我一咬牙,就盘了下来。"她的话,让我惊诧,竖起大拇指就说:"你了不起啊,小店虽小,也是有乾坤的,在生活中亦如一艘船,满载你的理想,你是在划这艘船,在实现你人生的价值啊!"女人听了,不好意思起来,莞尔一笑后说:"你真会说话,还真是的呢,早就有做一番事的想法了,不过,我文化水平低,大事做不了,经营个小店或许差不多。"

女人说完,睫毛一扬,眼里就闪出了亮光,透着几分欣喜和几分希冀。它像一道闪电击中了我,其实人生境遇各有不同,各自的行为影响着各自的人生,影响着相互的人生。而她,无疑也影响到了我,不禁为自己在生活中难以找到乐趣而感到内疚,无形里也就以她的行为作为一面镜子,以时时提醒自己,要好好地生活。

见我站着,女人忙搬过凳子让我坐。我没拒绝,就势坐下。第一次与住我楼上的女人面对面坐着,有些唐突和别扭。或许男女有别,或许交往不多,我局促不安。女人显然看出来了,为缓解我的不安,就换了轻松的语气说:"小店卖的都是日常生活用品,本小利薄,以后还请你多多关照哦。"最后的哦字,带了一点拉长的声调,听得我心也软了,忙点头答应。

又有人进店买东西，女人张罗去了，我就坐在凳子上，漫不经心地看着女人忙碌。小店很小，日用商品琳琅满目，却摆放得错落有致。那人要的东西，摆在货架的里头，女人不假思索地就拿了出来，足见女人对它的熟悉了。但我知道，这不是简单的熟悉，而是女人平时摆放得当。女人忙完了，我就表扬她："你真可以，商品摆得科学，很有美感，可见你是有品位的人啊！"女人红了红脸，辩解着说："哪里，商品摆得整洁，也是门面，这是让人进来有舒适的感觉啊！"女人的话，有些做买卖的道理，却也透露出女人的不简单。

小店的隔壁，也是一家卖同样日用品的小店，趁女人来了顾客，我起身过去看了看。那店里几乎没有顾客，商品也摆得凌乱，有一种说不出的感觉，不想进去了，赶紧回来。女人的店里，顾客络绎不绝，忙得她额头冒汗。两家相同的店，出现不一样的现象，值得深思。

我又坐下，女人忙完正准备过来说话，又有送货的车子来了，女人很歉意，柔声对我说："你坐会儿，柜台上有书，看看啊。"我拿过一看，就呆住了，这竟是一本最新的《读者》。而我知道，女人看这种刊物，就显得不一般。很快女人收下货，在她整理货物时，我对她说："这书，档次很高的。"

女人听了不置可否，就对我说："我仅是一个开店的，喜欢看书，店里没人时，用书来打发寂寞。"女人认真且诗意的话，在我耳边回荡，令我坐立不安。家里正好有一些书刊，女人爱看书，不如拿来送给她看，想好，我就对她说："回头，我将家里的书刊送给你看。"女人听了眼睛一亮，随后就是一声"好咧"。这声音清脆，有着一股山间溪水流过的清爽，使人亲近了。

楼上的女人开小店，可以说，女人开始了她的小店人生。我走进女人的小店，也就走进了女人人生的一个切面，尽管没与她有过多的交流，但仅仅在短暂的对话里，我既读懂了这个女人，也品味了生活，应该也算是收获。

修车匠老胡

临街的两边是各种店铺，老胡的"胡记修补"夹杂其中，显得有些另类。别的店铺，商品琳琅满目。老胡的店铺就相形见绌，只有一个沾满油污且放满工具的桌子，几辆待修的自行车和几个摆着各种配件的铁架子，显然，这是一个普通的修车铺。由于附近有一所学校和几个居民小区，加上他的早开晚关，生意倒也过得去。

"胡记修补"的广告牌悬在店铺的上方，自然让人知道修车的师傅姓胡。这是一位50多岁的汉子，中等身材，皮肤黝黑。岁月的风霜雕刻在脸上，一双明亮的眸子，似一泓清亮的山泉。

每次从那儿经过，总能见到三两个人，坐在修车铺里，谈论一些事情。众人的说话，没有碍着他修车，间隙他也会停一下，插上一两句。在说笑中，车很快就修好了。他修车基本是按质论价，车主很满意地付了钱，高兴地走了。见没有顾客来，他又蹲在一边，静静地听人说话，其专注的神态就像个听课的小学生。这些人几乎都是退休的，他们选择在

修车铺度过一天中某一段时光，应该说老胡在他们心目中，占有重要的位置。

时下很多人赶时髦，弃自行车、摩托车奔向轿车，可我却反其道而行之，唯独爱上了骑自行车。从别处弄来一辆旧车后，就兴致勃勃地骑行了。不巧，因车的年代久远，各项功能差强人意，没骑多久，就爆胎了。情急之下，想到了"胡记修补"。老胡检查后说要换内胎，我说弄车时，人家说内胎刚补的。他说："车胎好比人身上的某个零件，丝毫不能马虎，坏了，元气也就伤了，再补，也无济于事，换一个新内胎，我保你多骑几个月。"他的比喻引起我共鸣，就将信将疑地让他换了内胎。没想到，真的应了他的话，三个月车胎没坏，一直骑行到了现在。自此，我旧车的维修、保养任务，也责无旁贷地交给了他，理所当然地我也成了他店里的常客，与他成了朋友。

忽一日，骑行至此，见他闲着，便坐到了他的店里。正待与他说话，店里来了生意，他去忙了，我就借此打量店面。六平方米的店铺，经他的收拾，还算比较整洁。桌上方不知何时添了一个小黑板，写着"骑车注意安全"。这个提醒骑车人的警句，着实让人心生温暖，不由得让我对老胡肃然起敬。

没一会儿，他修好了车，收了费用后，又与我说话。闲聊中，我发现他很健谈，讲起国内外大事也滔滔不绝，对一些事情的看法也有独到的见解，令我有些惊服。我甚至有这样的想法：按他的水平，实际上应该坐在机关或者搞些研究什么的，可事与愿违，他干的却是修车的行当，经常弄得一身的油污。尽管如此，我却看到他一脸的灿烂笑容，从他身上也品出了生活的况味。

　　店外的路上，车水马龙，很少有自行车，我看后，突然心中生出了悲悯，说："自行车越来越少了，修车挣的钱也越来越少，是不是考虑换个职业。"他轻描淡写地回说："现在会修车的人本来就少，我有这技术，不修车谁修车呢！"话说到这地步，让我没得说了，只能为自己打圆场，说："你修车收费低，甚至遇到有些顾客不付钱，会影响你生活质量的。"我说的话可能他没想过，现实生活中，哪有不爱钱的呢？有钱意味着什么，这不难理解。他收费低，可能源于"君子爱财，取之有道"的原则，因此不贪不占，保持着一个普通劳动者本色。果然他说："人家骑自行车来的人比不上开轿车的，他们几乎与我一样普通啊！"多么朴实的话，像一股轻风涤去了我心中的污浊。

　　又一个老顾客推着车来了，老胡很快地修好了，顾客临走，坚持多付几块钱，他拉住顾客的手，坚持要找回去，说："我对谁都一样，干啥都有规矩，我要讲究信用，我岂能多收你钱呢！"听了他的话，瞬间我就明白了，老胡的规矩和信用，感动了不少人，他们大都成了回头客，这在生意场上，确实难能可贵。也是的，人们愿意到他这修车，一大半是冲他的为人来的，他和蔼的微笑，娴熟的技术，低廉的价格，热情的服务，感动着每一位顾客。无疑他的身上，有一种对生活热爱，对他人友爱的本质啊！

　　修车的胡师傅，虽只是一个普通的劳动者，没有过多的追求和奢望，但他却将别人眼中有些卑微的职业，打造得红火，成了他人生的风景。他的快乐，似乎传染了找他修车的每一个人。从他身上，我发现，他修补的虽是车，无形中修补的却是人性，他是幸福的，我也为他的幸福而幸福。

卖肉的大老刘

因为有客人来，我大清早去市场买菜，经过环城西路的时候，一种刀砍肉骨头并伴随着有节奏的哼唷声，让我止住脚步。侧头一看，原先路边一家开服装的门市，不知何时变为肉铺了，里面一个身材敦实，方面大耳的中年汉子正在为一个顾客切肉。这汉子不是一个熟练的屠夫，切肉动作难免有些笨拙，看得我扑哧一声笑了。听见笑声，中年汉子举屠刀的手停了，一歪头就看见了我，马上嘴角堆满了笑，说："呀，领导，是你呀！"见他喊我领导，我也一怔，说："大老刘，原来是你呀，不要喊领导。"大老刘的思维很活络，大凡见到熟悉的有工作的人，都喊领导，不知道出于他的何种思维。我在初次被他喊过后，顺理成章地成了好朋友。

我想起第一次被他喊起的情形了。那大约是在七八年前，单位来客人，安排我领客人到定点饭店就餐。我们刚到饭店门口，一个人就从门里急忙迎出来，一边说领导好，一边伸出手与我相握。见到这人，我似乎相识，却一时又想不

161

起来，只好伸手与他握了，并说："别喊领导了，这多别扭。"这个人可不管，说："你本身就是啊，上回你陪人在这儿吃饭，我就注意到你被别人喊领导啊，我可早就认识你了，记不记得我在你家附近开过米店？"他这一说，倒让我想起来，他就是几年不见的大老刘。十几年前我家附近是有个米店，我经常去那儿买米，而且都是大老刘给送到家的，但那时，我除了在那儿买米外，与大老刘接触并不多。等有次再去买的时候，米店不知何故摇身一变为理发店了，大老刘从此杳无踪迹。

等大老刘给顾客称完肉，铺子暂时没顾客的时候，我忽然对大老刘职业的变换萌生了兴趣，就一屁股坐到了他的铺子里，问他一些我不明白的情况和失踪后的营生。我抛出的一些问题，让他始料不及。不过，他很沉稳，先不接我的话茬儿，而是从桌上一包拆开的烟盒里，抽出一根烟递过来，我笑着摆了摆手，说，早就戒了。见我不抽，他把烟放到嘴上，用打火机点了，猛吸一口，再缓缓地吐出烟雾后，才说："我原先也有工作的，早些年我顶父亲的班，在一家学校里当工友。学校是知识分子的天下，没有学历，我自然不受重视，后来就找人调到了那时很红火的粮站，我在那里过了几年的幸福时光。

"可是好景不长，粮站改制，我被分流了，只好在你家附近开了米店。但那时经营米店利润小，我上有老，下有小，挣的钱不能使一家人过活，就琢磨着换职业。当时瞅准了开饭店的红火，我就转让了米店，到东城那边开了家饭店，开了不久，就见你光临饭店了，这也是我们的缘分啊！"大老刘说得没错，那几年的饭店生意的确蒸蒸日上，他的饭店也开得红红火火。自那次我接待客人后，我也数次在大老刘的饭店吃饭，直到三年前我调到另一个单位，才与大老刘断了联系。

还在我回味大老刘话的时候，他好像猜出了我要问的下一个问题，他说："你的眼神告诉我，是不解我为何改行卖肉了吧！"我惊讶地点点头，说："还真是呢。"大老刘眯缝着眼笑起来，然后又喝了一口茶，才慢条斯理地说："现在都不大吃大喝了，我的饭店效益不太好！我就把饭店转让出去了。我在城里转转，就发现这条路，附近居民楼多，竟没有卖肉的，就决定卖肉。正好这家服装门市急于脱手，我就接过来了。"

我在佩服他精明的同时，不免对他的经营策略有些顾虑，因为这条路开服装日杂商品的多，他的肉铺夹杂其中，难免要冒很大的风险，于是就委婉地对他说："这条路只有你开肉铺，不能成气候啊！"我这一说，令他来了精神，挥舞着手，神采飞扬地说："你担心我的生意，很正常，我的计划很大呢。等会有人就给我上货，像米呀、油呀、山货、调味品、豆类制品我都进，这样一来，我的门面货源充足，都是居家生活必备之品，生意怎么会不好呢？"

正说着，一个送豆腐的将几架豆腐和酱干送来了。他刚接下，又有送米的车子开来，他屁颠儿屁颠儿地与司机一起卸货去了，我不好再打扰大老刘了，就要与他告别，想着今天也要买肉，在市场买，不如在大老刘这儿买，就说："大老刘，等会给我留刀好肉，我买完菜回来拿。"大老刘放下一包米，响亮地回了一句："好咧！"这声音浑厚，势大力沉，像早春里滚滚作响的春雷，听起来是那么令人喜爱。

物竞天择，适者生存。在现实社会里，大老刘审时度势，在市场的夹缝中总是谋得一席之地，显示出了他的不同凡响。然而他几次做的生意都不大，却都做得风声水起，无疑又让人敬佩不已。生活中，我也经常看到有些人，离开了某种职业就没法生存，就沉沦，甚至毁灭，我替他们感到悲哀。大老刘为生活而生活，在生活中找寻着陆点，在生活中欢笑，在生活中成长，才是真的人生之道。

去买菜的路上，突然就有了等会儿喊上大老刘，中午去我家一起喝酒的想法了。

流泻的金黄

深秋季节，一派金黄渲染了原野，不必说其他的秋色了，单单中稻的金黄，就已经令人叹为观止了，心里就以为，秋天所有的主题都与之相关。为追寻，我在友人启航先生的陪同下，离开喧嚣的城市，走向了原野深处他经营的农场。当一踏入，那大块大块田里沉甸甸的金黄迎面而来，我被它所感染，几乎窒息，心也仿若被这些滚动的金黄召唤着，令脚步停不下来，也不舍得停下来。好想拥有这些金黄，好想有金黄相伴的日子，可是秋却一步一步往深里去，我是不可能拽住它的衣襟。面对金黄，我所能做的，就是像遇见久违了的朋友一样，激动地敞开心扉与它拥抱。

许多年前，我是拥有过这些，尽管只是暂时，但在心里刻下了难以忘却的记忆。那时我在乡村工作，一到深秋，都会走村访户，沿路时常遇见田里那些稻上吐出的金灿灿的穗子，仿佛是自然描绘的一幅画卷，是成熟的笑颜。闻着稻香，就有一股亲切，会想到屋顶上的炊烟、满屋子的米饭香味；想着一大家子人围着饭桌的欢声笑语。于是，我就自然地离开道路，与它们来一场亲密的接触。可我不是生长在乡村，远没有在乡村成长起来的人们对土地爱得深沉，对金黄爱得执着。当我真的站在金黄里，又有风吹稻浪千起万伏之时，无论如何我都显得有些不真实。就想，供我长大的稻子，该是我辜负了你吧！

一晃多年过去，尽管离开这些金黄多年，但始终在心里萦绕，挥之不去。站在农场广袤的稻田里，眼前金黄的画卷依旧，只不过已变换了多少个春秋，但依然如故的它们，以及经历过风雨的土地，还有埂上青了黄、黄了又青的草，甚至蓝天白云，该都如岁月一般绵长。空气中，从那遥远的深处，似乎有一种烟火味溢出，我想体味一下其中的况味，可眼前隆隆驶过的收割机，将这些味道一下子冲开好远。

在这里，稻田连成了片，一眼望不到边，不仔细看就以为是一块很大的田。其实，走进去还是可以看到田与田之间有田埂的，不过这田埂与田埂间的距离被拉得很长；而金黄的稻子也将它遮蔽了。之所以这样，是因为场主从农户手中将农田承包后，要利于机械化的操作，就将之改造成大田，这样就省时省力省成本，所谓科技就是生产力。

我也知道以前农田被分包到户，家家户户的田被田埂分割为一块块的，一到季节，都得人工来操作，那时田里埂上，呈现的是一派热火朝天的景象。曾经人们忙碌的场景不见了，看不到人们弯腰割稻和田埂上肩挑手抱稻子，而是金黄的稻田里收割机快速地收割，以及由拖拉机改装的装运机在田埂上来回装运稻子的一幕。

收割机是个尤物，车前有四把尖刀开路，挡刀的稻谷被迅速放倒，然后卷进收割机的肚里。在那里，稻秆和稻谷立即被分开，稻秆迅即被放到收割机后，如果不想留全，则按下一个按钮，那些稻秆就被粉碎，丢在泥土里，做了肥田的材料。那收割机的肚子饱了，装运机就会赶过来，从收割机的肚子里，将稻谷运走。

来到运稻子的大货车前，我看到，装运机正将满车的稻子往一个安着鼓风设备的管子上倾倒，工人快要卸完时，熟练地按下放在货车上的电动机，瞬间，机器轰鸣，稻子也渐渐地被吸入了货车厢里，不一会儿，一装运机的稻子就全被吸进了车厢。这一过程，我看呆了，要知道人工装卸，恐怕不是几个人的事了。果然，场主见我惊奇，说："这一车稻子装卸没有四个人三小时是完不成的，那田里的稻子更是，几十人一人一天割一亩，也要好几天。"场主这一说，又惊得我连呼："了不得！了不得啊！"

离启航先生的农场不远，就是公路和村庄，但有几处房屋隔着一个田埂与之相连。田埂凌乱着发黄的杂草，走在其上，看一边的金黄的稻，不由心发感慨，都是自然的产物，怎么一个被人利用，一个不被人注意呢？而注意的也有，就是草间一些黄色的花，它们吸引着一些翩翩的蝴蝶，生动着秋天。几处房屋的周边是有树的，树叶也有些发黄，正在进行生命的绝唱。

这些黄都是大地唱给自然的赞歌，都是流泻在大地上的诗意。稻子的黄被人们收割，被碾成米，供人生存；草的黄与树叶的黄被大地收留，归为泥土，等待着来年的新绿。我很羡慕住在这儿的人，一出门就可以见到这些流泻的黄，一抬头就能看见蓝天白云，好想体验这样惬意闲适的生活啊！

蓝天白云下的金黄流泻，充满了诗意。因为这里有随处可见的生命的欢歌，有满稻田萦绕的金黄的语言，还有满田埂发黄的草，满树发黄的树叶……这些黄，该都是生命，它们用毕生的精力在唱，生动了一代又一代自然的日子，同时，又唱出了新生命的向往。

我去的时候是上午十点，天空的蓝配着白云，就是一幅风景画。见那悠闲的白云，飘来飘去，像一群可人儿涂抹着天空，也装饰着天空。而许多大块的稻田，围绕着众多田垄以及隔点距离的房屋和树木，又似一幅油画，也美得令人乐而忘返。在金黄的尽处，天与之相接，似一条线，天上正镶有白云，云层的后面，似有树木婆娑，房屋掩映，那真是一幅令人遐想的超意识流的画面啊！

这个季节，这里的金黄，都在记忆里飘不散。我在金黄里走动，无论走到哪块地，都有收获，我收获的不仅是心情，还有对金黄的思考。我沉浸于金黄之中，看眼前，想过去，望未来。一不小心就坠入了这些金黄里。或许我没想到，在我倾心于金黄的那一刻，我的姿态和神情，该是金黄中的一景。

　　行走于金黄之中，停不下脚步。我走近一处稻田，这里收割机还没收割，而我走后，收割机就赶到，一下子就全部收割了。往回走，蓝天白云依旧，稻田却空荡荡。蓦然发现，稻田上方的天空，突然高了几尺。

巷口的修鞋匠

　　我总觉得，一种行业的存在，总有它存在的理由。巷口那白发的修鞋匠，也不例外。不知他从何时起，就在那摆了摊子，春夏秋冬，风里来雨里去，从黑头发的中年一直修到了白发的老年，既艰辛又执着。

　　他每天固定出现在巷口的摊位上，轻轻地从板车上放下修鞋的机子、几张凳子，然后再熟练地打开工具包，每一个动作，都是一种程式。没顾客的时候，他就修理昨日没修好的鞋子，有顾客的话，就忙于接洽业务。看起来，没一刻得闲。

　　巷子是闻名的六尺巷，在当地口口相传，有"礼让、谦和"的美誉，吸引着各地众多的游人。巷口正对着环城路，每天来往的人，加上各种车辆，形成嘈杂的市声。而进出巷子的游人，操着南腔北调，混合着嘈杂的市声，使得巷口并不宁静。这些似乎都与修鞋匠无关，他依旧旁若无人地做事，有大隐隐于市的况味。

　　与修鞋匠的相识，源于我几次去修鞋。修鞋的空当，经过与他几番的交谈，便熟悉了。他告诉我，他来自郊区，在六尺巷还没有复建，遗址还被圈在一家单位的大院里时，他就在大门外的樟树下支起了摊子。那时，环城路还不繁华，一边是街区，一边还是田野。他当时不知道院里有六尺巷的遗存，只听人说，过去这里是宰相府。

没鞋修的空当，他也会到寂静的大院里走走。几乎会听到一些声响。但一抬头，就见现代的楼房，富丽而又堂皇，就疑那些声响是从哪里冒出来，悠远而又沧桑。走到跟前，他已没有看的力气了，只能以无言对着无言。忽一日，院墙拆了，沿原址重修了一条巷子，参观的人多了，他才知道那里原来有条六尺巷。当然，六尺巷的故事也就知道了，他时不时地当下导游，告诉一些打听道路的外地游人。

不知是修鞋匠的技术好，还是人缘佳，他的摊子前，几张凳子总不落空，不是有几个顾客在等他修鞋子，就是坐着几个退休的老者与他闲扯。最多的情况是，顾客没时间等，就将鞋子丢给他，说好拿的时间后，匆匆离去。修鞋匠接过看看，按次序放好，然后埋头就修起了鞋子。一边的老者说起了天下大事、家长里短以及本地的花边新闻，一旦说到他知道的事情时，修鞋匠就歪过头，用手推下老花眼镜，插上几句。这样的画面，朴素真实，丰富着修鞋匠一天的生活。

由于他的修鞋手艺精湛，服务热情周到，赢得了无数顾客的赞誉。几番往来，顾客对他的感情也渐渐加深，很多人不管路近路远，都自觉地将鞋子交给他修。可见，彼此的相互包容和接纳，无疑是身边六尺巷所蕴含精神的延伸。

171

　　修鞋匠除了修鞋以外，还兼修雨伞，换拉链，一般收费均合理。如鞋帮上线2元，换鞋底8元，换拉链5元，换一根伞骨4元。童叟无欺，口碑很好，几乎没有同他讨价还价的，也有大方的顾客丢下整钱，说不用找零。他总是找好零钱，硬塞到顾客手上。有人就问："你不是少赚了吗？"他总回着说："该多少就是多少，不是我劳动得来的钱，我拿着心不安。"

　　有时修鞋匠也遇到顾客少给了钱，他笑了笑就算了。回头对问他的人说："或许，这是顾客不认可我修鞋的质量呢，我得从自身找找原因。"轻描淡写的一句话，既没有锱铢必较的心理，又纯朴而实在，真是生活中的哲学。我以为，修鞋，一般人只要下功夫，都可以掌握，但做人的艺术，却是人一辈子都学不够的啊！

　　这么多年，修鞋匠在巷口修过多少双鞋子，修过多少把雨伞，换过多少条拉链，已经无法知晓。但当看他一针一线，一锤一挑，上机缝补，总是那么娴熟，那么全神贯注，就不难找到他能生存下去的缘由了。他的活儿一个接一个，忙时，甚至连头都顾不得抬一抬，这认真劲儿，生意好也就不足为奇了。也是的，再破的鞋子，经他一修都崭新如初；再破的雨伞，经他一整，都完好如初；毁坏的拉链，经他一换，依然拉合自如。这样的功夫，不经历过千锤百炼，哪行啊！

　　我曾看过他的手，那是一双粗糙，饱含着沧桑，阅尽人生冷暖的手，上面沾满了油污和尘世间的灰土，却制造着自己的生活。也看过他的脸，黑褐色的脸面上，蒙上的微尘竟然掩盖不了岁月走过的痕迹。往上再看他的头发，那个白啊，使得黑发成为稀有。修鞋匠的形象，让我感叹：生活，这就是生活！为了生活，修鞋匠才会变成这样。或许修鞋匠没有想得那么多，他那么忙，哪会有时间去想得那么多呢！

巷口的修鞋匠，成了这里的一道风景，然而，时光容易催人老，某一天修鞋匠终究会老去，终不能来这儿修鞋了。到那时，环城路和六尺巷依旧人流涌动，能否有人发现，巷口缺了什么？

一个人的牵牛花

有一种野花，简单，具有一种朴素的美，可惜花期很短。看它朝晖初露时，精神抖擞，迎接着太阳，还没到中午，花儿就已经无精打采，走向了衰亡，令人扼腕长叹。不由得想，不论何种花都是生命，都有存在的价值，来到这个世界，无论时间长短。花开，都是突破了自我，实现了自身的价值；花谢，都是自然趋势，不必悲伤，来年还是会再开的。

牵牛花就是这样的一种花，它在乡村无处不在，哪里有土壤，无须浇灌，就自由自在地生长。夏秋之际，只要走向乡村，就会看到，地里的篱笆上被它无厘头地爬满；土筑的院墙上，有它攀附的骄傲身姿；山坡的灌木丛，沟堑边，甚至草垛上，也会赫然看见它缠绕的影子。那一朵朵颜色各异，形体不一，样子好像喇叭似的花，依附在细长的藤上，迎着初升的朝阳，都争着向世界展示自己的不凡，让人怦然心动。

小城以前有很多牵牛花，现在已匿迹了，只在城外还能找到一些踪迹。小的时候，家里的院墙上曾有过，那时我踮起脚还摘过。后来院墙拆了，盖了屋子，牵牛花也就没了。再后来，城市扩张，牵牛花无奈地退居到了郊野，这对我来说，是一种遗憾。

一天，一位萍水相逢的朋友告诉我，他在单位的院墙外，看见了一朵正盛开的牵牛花，他喜欢牵牛花。朋友的话说出了我的心声。我丢开朋友，快步来到牵牛花前。但见阳光下，一根细细的藤上，一朵牵牛花开在稀疏的绿叶中间，好一副乐天的派头。而它的周围，却是一片乱生的杂草，别无其他的花，可谓一花独艳。然而它却不被看好，来往的人漠视而过，无人欣赏。好像知晓所处的境况，牵牛花就特立独行我行我素，不因卑微，也不为取悦人，依旧兴致勃勃、顺其自然地开放，释放着快感和对生命的尊崇。

这根藤上，只开了一朵牵牛花，这对我就足够了。这个时间，只我一人看它，应该是我一个人的牵牛花。此时，它的喇叭在微风中颤动，是在说一些秘密，还是在演绎动听的和弦？一会儿风过后又安静了，是在聆听什么秘示，还是在思考什么？牵牛花不说，我也无言，只有阳光镀到牵牛花上的一抹浅黄。

时光回溯透过一抹浅黄，似乎让我看到了初春时节。和其他野花野草一样，牵牛花的嫩苗，在一声春雷或者一场春雨过后，悄无声息地钻出地面，在人们不经意的地方，慢慢地滋生开来。一开始，它的藤条细嫩得让人担心，不几日后，它不再柔弱，就以扩大的地盘向人展示了它的坚强。大

175

　　自然总是有着它的神奇，它造就了万物，也赋予了万物生存的能力。

　　牵牛花亦不例外，与生俱来就有着极强的依附能力和攀缘本领。可以看到，牵牛花昂着高高的头，只要有空隙，它就扑过去；只要有枝条，它就狠狠抓住绝不撒手；只要有墙头，它就爬上去。纵使狂风大雨，或者大旱临头，人为掐折，它始终不气馁，仍然勇往直前，丝毫没有畏惧和退缩。这一过程，是生命的使然，也是在践行生命的职责。以此，牵牛花无疑给人以启示了，可是，生活里又有多少人能做到呢？

　　牵牛花没有花瓣，只是一个整体，它整体地来，又整体地走，无声无息，是那样自然和洒脱，这不是一些文字能描述，几句诗行能抒怀，也不是几笔丹青能描绘的啊！这样的整体我喜欢，因它是一种团结的象征，而团结就是力量啊！

　　"素罗笠顶碧罗檐，晚卸蓝裳著茜衫。望见竹篱心独喜，翩然飞上翠琼簪。"这是宋代诗人杨万里的诗，意境深远，令人回味，读起来，就使人想到了牵牛花。可能它想不到会被诗人吟咏，认为自己不像别的娇贵的花，能登大雅之堂，而自己，只是世上匆匆的过客，是一种野花，无人照顾，无法选择生存的环境。可是，它错了，正是凭它不论什么地方，照样茂盛葱茏，绽放出生命之美丽的野性，就完全可以被诗人讴歌。

　　眼下已是秋天，牵牛花的花期将要尽了，这是自然的更替，它是不能改变的。眼前的牵牛花，已经知道今年的生命将走到尽头，但仍不失乐观的本色，还在奏响最后的华章。但当一夜风寒的到来，牵牛花上就不再用喇叭对着世上呐喊了，它会带着对尘世的满足，带着曾经的灿烂，静美地离别。

我理解这样的离别，有离别就有再见，就有它的轮回。待到来年，我想，牵牛花应该不是我一个人的了。

月季的风景

　　一楼的窗外，是一块不大的空地，被主人栽上了一些花，一下子让它有了品位。这个季节，沿空地的边缘栽种的十几个品种的月季，姹紫嫣红地开放着，无疑是一道风景。我有幸与它为邻，常常就被它留住了脚步，看到这些或高或矮的月季，都不规则地伸着带刺的枝丫，枝上的绿叶也像是听了谁的召唤，次第舒展。枝上的叶子竟还紫中带红，似乎在羞涩地阅读时光。一些正开的花、将谢的花、未开的蓓蕾都毫无束缚地招摇在枝头，一下子就牵住了心情。

　　它们吸引着我，然而我又不解这些枝条相同的月季，怎么开出不同颜色的花？你看，它们身处的土壤没有区别，绿绿的枝条相同，就连叶子都一模一样，那花却在枝头开出了不同颜色，呈现出五彩缤纷，不得不让我叹服自然的诡异和神奇了。其间，我凝神观望，忽然就明白，花开一时，人活一世这个道理。花开，就预示着它即将凋谢，然而却也无怨无悔，依然呈现出美丽。人可比花的生命长久，是否人人都能绽放精彩呢？看花的容颜，品花的况味，似乎有一刻，我把自己也当作一朵月季。

而那些枝条上扁而长的叶，几乎平庸得看不出有什么特质，正因为如此，不显山露水的它们，才会以自己的平庸，造就着那些鲜艳而高贵的花。俗语说，红花虽好，绿叶扶持，不就很好地证明了叶子的居功至伟！这不，在一阵阵风的吹拂下，叶就开始无序地晃动，使得那些漂亮的花，掩饰不住地在绿海中颤抖，又是一幅画了，有一种层叠的美，惹人又生出来几分怜爱。

有一天临近中午时分，我靠近了一株月季，这株月季上只有两朵花，一朵正在盛开着，一朵却在走向枯萎。有些心疼这朵即将枯萎的花，自然也就埋怨起枝干来。它提供的养分也太偏心了，不露痕迹地让一朵花枯萎，一朵花开放着。那将要枯萎的花，已经失去了往日的鲜艳，就像一位风烛残年的耄耋老者，弱不禁风的样子，多少让人唏嘘。正在绽放的花，色泽鲜润而又丰满，像一位妙龄少女，略施粉黛，风采照人；又如被颜料浸染了，既浓淡相宜，又无比和谐，我不由得赞叹大自然的妙笔丹青了。紧邻这株月季的一株月季，上面只有花的蓓蕾，羞涩地躲在绿色的外衣里面。想必不久，它们也会在时光的召唤下，次第开放。

楼前有这些月季，还得感谢一楼的主人。他是一个退休的老先生，时常见到他在这块地上整理花草，只是在我看花的时候，几乎他都不出现，只让这些花呀、草呀、枝叶呀，还有阳光一起陪伴我。这让我忐忑不安，就想着，莫非老先生就在窗户后盯着我，考量我看花的定力，是否有偷摘的行为？猛地一惊，抬眼一看，果然在窗纱的背后，有一个模糊的身影。老先生许是早就发现了我，在我将要打招呼的时候，竟先招呼我进来坐坐了。

我推开门进去，看到桌上摆有一瓶老酒和一些下酒的菜，显然是老先生正要吃饭。他指着饭桌示意我坐下，我慌得连忙摆手，说："怎么能平白无故地喝您的酒呢！"老先生说："远亲不如近邻，我们是邻居，喝喝酒，也无妨啊！"禁不住老先生的诚邀，便和他喝起了酒。喝酒间，我问老先生，这些花有人要摘走怎么办？老先生抿了一口酒后说："花开，总是要被人看的，它也是生命，被摘走，也是花的造化，只可惜它不能在枝头有完整生命了。"老先生的一席话，引得我感慨万千，喝完一口酒后，踱到窗前向窗外望去。先前看到的那朵月季花，竟然被人摘走了，不由得沮丧，就想骂人。老先生平息了我的火气，说："随它去吧，来我们碰一杯。"我无话可说了，一扬脖，将一杯酒全灌进了肚里。

离开的时候，老先生指着月季花对我说："莫伤悲啊，月季还会开的，如果喜欢，等开的时候，你也摘朵吧。"老先生的话，说得我心里五味杂陈，一时竟无语了。等缓过劲儿来，看到阳光下那些月季，依然快乐地生长着，心情也就像充满了阳光一样快乐了。我就对老先生说："谢谢您，还是让月季在阳光下绽放吧，它们是我们共同的风景。"老先生听了也不说话，只微微笑着。在老先生的微笑中，我离开了，突然一回头，就见老先生站在月季旁，成了风景中的风景，这才是合乎情理的风景啊！

落　叶

　　出门几步，遇见一棵银杏树。时下虽是深秋，但远一点望它的叶子，还是青青郁郁的，好像处在青春里，还在迸发着生命的活力。可在近处，尤其在树底仰望，在大片的青郁里，就会发现一些叶子的顶部已经有些微黄了，该是这些叶子，提前在感叹季节的不可逆转，预知即将来临的死亡，而为自己的生命终结，一点点地在做最后的准备吧！

　　离这棵银杏树不远，有几棵樟树，树冠很大，葱葱郁郁的，似乎秋天对它来说毫不相干。这个季节，它们互相映衬，至少还不是孤独。但这样的日子不长了，待天气一冷，秋风一起，银杏树的叶子就会逐渐变黄，乃至全部落下，变成光秃秃的枝干。看它的样子，像是被谁脱了衣裳，曝光在苍穹之下，这与依旧葱郁的樟树叶有着天壤之别。

　　我喜欢晴好的日子，秋阳照过来，银杏叶上镀了光，那满树都是灿烂的黄，无疑会给秋天带来无尽的浪漫和诗意。樟树就不一样了，一年四季是常绿的，秋阳照过来，虽给樟树叶镀上了一抹亮色，但这亮色却使得叶子往深沉里去了，变得老练，已然没了春天时的鲜活。不过它还是绿色，还不会落叶，现在是肃穆的秋天，抑或凝重的冬天里，它也会憧憬春天的所在。

樟树的落叶不在秋冬季节，而是在春末夏初的时候，当被冬天欺凌的银杏树枝头上早已长满了新叶，樟树枝头的新叶才刚刚长成，露出生命的喜悦。那经历过夏秋冬的老叶，也就完成了使命，择机而退，纷纷落下，这是生命的轮回，也体现了一种生命对另一种生命的尊重。

那会儿，我从樟树下走过，时不时就会被飘然而树的落叶碰触到，也会听到它落地的细微撞击声，似乎还可以听到它离开树枝的轻微叹息。我是扶不住这些叹息的，但我知道叹息里有对生命的眷念，有对生命的无可奈何。我往往会捡起一枚落叶，放在手心，想安慰它，可是千言万语却无从说起，感觉很惘然，也很痛苦。不经意间树叶从手心滑落，重新回到了泥土，那一刻我心如刀绞。其实，生命本该如此，新的叶子长出了，老的叶子就得离开，生命就是这样循环往复以至无穷啊！

银杏树与樟树不同，它在秋深的时候，叶子全部落下，变成了光秃秃的树，其枝丫疏朗着天空，样子很不好看。难看的还有枝丫上面的疙瘩，它黑着脸，一脸的怒气，似乎在对即将到来的寒冷生气。看这些或大或小的疙瘩，我不以为它丑陋，也不以为它是在愤怒，反而以为它很美。因为在它的里面，孕育着生命，也即是来年的新叶。为新的生命不在乎自己容颜的树疙瘩，行为高尚，值得敬佩。待到新春的时候，无数的扇形银杏叶从树疙瘩里挤出来，在风中摆动着，像是挥舞着的无数双小手，又像是无数张喜悦的笑脸，它们站在枝头看着春天，那景象真是美不胜收。

最美的还是银杏叶生命的最后时期。那该是在临近冬天的日子，气温骤降，原先有一点点黄的叶子，仿若受到了什么魔咒，似乎一夜间就通体变黄，整个的银杏树也是全身遍布了灿烂的黄。它黄的时候，我会走近，最后看一眼银杏叶的辉煌。我看不出它的痛苦，也看不到它的悲哀，我看到的都是生命的欢歌和生命的灿烂，我的眼眶湿润了，无理由地对它有了一种尊崇。

当秋风乍起，叶子纷纷飘落，姿态宛若一只只蝴蝶在飞舞，令人遐想无限。它们一片片落到了土地上，黑色的土地马上就深情款款地拥抱起这些金黄的叶子，诉说着永不再分离的话，其情切切，其状凄美。而那一片片的落叶，亦如一双双充满灵性的小手，顺势紧抱土地，倾诉着叶落归根的话，其情殷殷，其景惨然，使人不由得潸然泪下。想不到落叶对大地的思念，大地对落叶的感情，竟是如此执着！有一刻，我就想，假如有一天我去远方旅行，我定会要求整个秋天为我合唱，那秋风就是号手，树干是号角，遍地的落叶就是我眷念的合唱队员了。

我在遍地金黄的落叶中走着，听着沙沙之声，我会感觉这些生命的灵魂，在极其愉悦地呻吟，在极其痛苦地呐喊。顷刻间，我忽然觉得心灵变得祥和而宁静，大地也变得庄严

而凝重。我瞬间明白，在自然界，生命不过是个形式，是个简单的过程，然而，在这形式和过程里，生命却是有着无比的高贵和尊严的啊！

在这些落叶里面，我会捡起一枚，拿到阳光下，晒干，做一枚银杏叶的书签，以为这就拥有了秋天，然后放到我阅读的书里。这样一来，不论什么季节，只要我翻开书，我就会看见它，也会看见秋天，看见秋天的这棵银杏树。

山蚂蟥

潜山的板仓之行回来已有几个月了，除了那里的原始森林和原生态的景致给了我很深的印象外，那里遍地的山蚂蟥也在心里留下了印迹。尽管我没有被它狠咬一口，但我仍然从被咬的诗人腿上血淋淋的样子，还有清洗过后腿上仍在冒着血的口子，领教了山蚂蟥的无情、冷酷和残忍。这也让我感受到山蚂蟥有着不屈的意志和耐力，它们因为这些强大的力量吸饱人血。由物及人，人如果要有山蚂蟥的锲而不舍，勇于进取永不罢休的精神，那做什么事情不成功呢？

那一天的下午，天气燥热，山顶上滚涌着乌云，趁着雨水要来之际，我们不顾休息就踏进了板仓。先是沿着山谷走，山谷的两岸植被茂密，遮蔽着神秘。那湍急的溪流在山谷里左奔右突，永远都是那么一副桀骜不驯的样子，它又发出很大的声响，在山谷里阵阵回响，以至于我们说话的声音都比平时大很多。而山谷两岸的山峰对峙，每一座山峰都翠绿满目。

在山谷里行走，不经意间，就会看见有生灵出现。我们在一棵很粗的松树上，看见有一条千足虫爬过，它那几十条腿整齐划一的动作，透露的是一种协调和一种美感。一只绿色的蚂蚱，若不是被我的走动惊动了往前蹦了一下，还真不知它原来潜伏在草丛里呢。顺着它蹦到的地方看，有一群山蚂蚁围着一只死去的昆虫忙碌。而其上方的树枝上，有一张蛛网罩着，织网的蜘蛛不知去哪儿了，估计网下的昆虫是被蜘蛛吃剩丢弃的，这正好被蚂蚁捡了便宜。所谓的物尽所用，各取所需啊！

山谷里还有一些蝴蝶，飞舞在林间，它们的颜色各异，无疑给绿色的山林增加了一些点缀。而林子里忽而出现的鸟声、虫鸣声无不增添着山林的安静。至于那些躲藏在密林深处正在窥伺动静的一些动物，诸如野猪、狗獾、狐狸、黄羊野鸡等，我们是发现不了的，我只在板仓一级植物香果树的附近，发现了一处被野猪拱过的地方，那儿有一片斑竹林，有笋子被野猪拱了，所以就留下了蓬松的土壤。此外还有沿路随时扑面而来的细小的昆虫，它们不离不弃地对着裸露的面孔和手下手，使人不得不一次又一次地驱赶。溪边的草丛，还埋伏着蚊子，只要一走近，它们就会群起而攻之，令人奈何不得，只能落荒而逃。还有很多很多的被这些山峰滋养的生灵，一时我也发现不了，但它们究竟是这里的，发现与不发现，都与它们无关，而这对于我，有关也无关，无关也有关。

写了这么多，山蚂蟥还没有出场，这也足够说明山蚂蟥的狡猾。从东仓绝壁下的三叠泉过后，就是一路的上行。天上没有阳光，只有乌云，使得一路荫翳很重，恍若处在了昏暗的黄昏。而山径上，到处都是掉落的枯枝和大量的腐叶，稍微用棍子拨拉一下，就会有一些腐朽的气息蔓延，这里面也隐藏着一些生物，见到被拨开，顿时慌作一团。

登上了山巅，可以清晰地看见对过的香果树瀑布，这时出汗了，就有人卷起裤腿，捋起袖子，这在当时，举动无可厚非。可在过了香果树瀑布、红河谷和仙人梯之后，发现有人的腿上渗出了血，惊叫着，被山蚂蟥咬着了。这一惊，我们都看了看彼此，发觉走在前面的一些人都没有被咬，是走在后面的两个人被咬了。这就奇怪了，见我们诧异，陪同的人说，山蚂蟥天生机灵，它有非常敏锐的嗅觉，它掩藏在树叶下面或者石头上，又善于伪装自己。前面的人经过惊动了它，当时它还没反应过来，但也给它提了醒，它就静静地将平时黄豆般大小的身子拉长绷紧，等待着后面人的到来，然后以迅雷不及掩耳之势蹦到腿上，用它的有麻醉功能的前吸盘给你扎进麻醉，再用后吸盘拼命地吸取血液。这一过程，被吸的人竟然毫不知觉，等山蚂蟥吸饱了，就将滚圆的身体团成一团自动滚落。但被吸的伤口，山蚂蟥不管了，那血自然就在流。

两个人流的血我是看到了，但我没有看见山蚂蟥，这应该都是喝饱了血自动溜走了。说来也怪，被山蚂蟥吸血的一个是男诗人，一个是女诗人。就有人开玩笑说："假如两条吸血的蚂蟥恋爱了，它们生下的后代，一定会沾染了诗人的鲜血，说不定那时漫山遍野都是诗句呢！"

山蚂蟥是雌雄同体，可以既当爹又当妈，它们也交配。这两条吸血的山蚂蟥，也不一定在相爱的路上相遇，可毕竟它们吸了人血，滋养了它们的肉体，当然，它们的后代或多或少地具有一点人的气息。所以，被吸血的诗人大可不必为山蚂蟥而气恼，因为它们可以入药，为治疗人的中风、高血压、清瘀、闭经和跌打损伤做贡献，李时珍的《本草纲目》对蚂蟥有详细的记载。

在板仓，我知道山蚂蟥与山峰一样恒久和绵长。而它身处密林，若没有生存的本领，等待的只有死亡。我以为板仓之行较为出彩的就是山蚂蟥了，它给了我趣味，也给了我启迪。生活里，我们缺少的是山蚂蟥锲而不舍的精神。如果具备了山蚂蟥的精神，无论何人，一定会是精神抖擞，意气风发的。

晚间，在旅舍前的听溪亭听雨。风吹过来，雨打过来，驱走了蚊虫。我的心情好极了，感觉自己像一尊神。而夜渐渐地深了，喧嚣也在退却，风也有些发凉。我站起来，放眼一下四围的群山，觉得一切都陷在了巨大的黑暗里，那些生灵都在夜色的掩护下，在风雨中过着各自的生活。山蚂蟥也不例外，我倒是好奇那两条吸了男女诗人血的山蚂蟥，会不会在风雨之夜偶遇而相爱呢？

在写此文字的时候，美丽的板仓始终在我的心中激荡，似乎我又看见许多幼小的山蚂蟥躲在树叶的背面或者石头上，等候着攻击的对象，忽然就想到，这些幼小的山蚂蟥，是不是吸了男女诗人血液的后代呢？

又至百丈崖

一面高约百丈，呈九十度的悬崖，威风凛凛地横亘在面前，大有一夫当关万夫莫开的气势。站在下面，一种由衷的尊崇，便会油然而生。也想着，大自然的鬼斧神工，将这座山硬生生地劈成这个样子。要知道，原本这山与周边的山一样都是完整的山体，不知何时起，水流从山顶奔涌，日积月累，年复一年地就成了如今令人惊叹的杰作。

抬眼望去，崖顶上绿树招摇，云在其上飘浮，有水流至这里像是收不住身，突然地往下坠落。我去的时候，是枯水季节，水流的奔涌并不激烈，那上面只是象征性地垂下了几十道细长的水练子，风一吹，一些水雾就弥散开来，迅即消失了。这不像我春上来的时候，水流就是一匹偌大的白布，在百丈崖快速地往下倾泻，水声浩大，水气四散，惊心动魄，气势如虹，无形里就给了人力量和震撼。这次来，我虽没有看到百丈崖瀑布的豁达和勇猛，但我还是直观地看到了百丈崖的真实和其本身所蕴藏的禅意。

还是沿着溪谷走的。或许轻车熟路，或许溪流清浅，大石裸露，我用比别人更快的速度抵达百丈崖底。到了的时候，已经有一家人在崖底的一块大石头上面的水中嬉戏了。此时此刻，我没有被他们发现，像一个窥视别人隐私的人。其实，天地之下，彼此也没什么隐私。可是，我踩着的石头滑了一下，轻微之声，还是有动静了，他们齐刷刷地回头，我看到他们洋溢着一脸的喜悦。我也回以微笑，便安然地坐在崖下的一块大石头上，对着面前的百丈崖，在臆想，也在享受着一份不曾有过的惬意。

百丈崖是个值得我臆想的地方，就看名字里的百丈，还有崖字，就知道它所包含的信息。这是个很直观和形象的名字，这比现今时髦地新起的地名，什么伊思达广场，花漾年华小区具象许多。而百丈崖直接就表达了所要的东西，这无须我去主观臆断，它有一种直抵胸襟的快意。

在百丈崖，我所面对的是一面很宽大的山崖，它有着硬朗、刚正不阿和威武不屈的形象。无论多大的水流、多大的风、多大的灾难，它都能一声不吭地默默承受，不叫一声苦，不落一滴泪，彰显着一个硬朗汉子的铮铮铁骨和一种修行之人的超然自得。在我臆想里的，百丈崖既是巨人，也是一个潜心修道之人。

我想对百丈崖说话，可它对我无言，这并不是它无话可说，而是深藏在内里。透过现象看本质，其实，百丈崖的内心也有着激昂的澎湃，只是我得不到它的默许或者它的心甘情愿。我可不管，因为这只是我对它做的一个虚拟，并不表示客观存在的事实。对着百丈崖，我觉得它耐人寻味。

而有水的百丈崖充满着生机，坐的大石头下面就有一股水流在一些小石头间左奔右突，一些水草在石头缝间的泥沙上生长；一些苔藓就在石头上落下神圣的生命；一些大树在石缝间求得生存；一些蝴蝶、蜻蜓、爬虫在溪谷间生活；还有一些躲在树丛里窥视的眼睛，都是百丈崖的基本物象，或可视见，或不可视见。它们千百年来如是，以后还终将如是，这是自然的规律，谁也不能更改。

再环顾周边，觉得百丈崖被四围的翠绿包围，宛如一个没有盖子的洞口，如果从天空往下看，就如一个人的心脏。而天光洒落其间，百丈崖下面的植物生长，周而复始，一轮接着一轮。百丈崖的崖壁之上，也有众多的植物，苔藓和草不必去说，单是一些攀附在崖壁的树，其生存的能力不能不令人叹服。这也说明百丈崖的包容之心，它也是在展现它的柔软。我尤为敬佩这些树，仅凭崖壁的缝隙里一点土和风吹过来的雨丝，就能生根成长，这时看着它们，我已经没有用语言来表达的能力了，而它的长成就是最有力的说明。

连日来的暴晒，让原本丰腴的水成了细流，但我依旧听见了潺潺的水声，它充盈着我的耳朵，让心里觉得爽净。那家人的两个孩子，赤着脚在这水里搅动，童声稚语响彻着百丈崖。那家的女人一边照看着孩子，一边以仰视的目光看着崖顶。我朝着她的方向看去，原来是一只鹰在崖顶上盘旋。那家的男人离开了，沿着身边的岩石努力地向上攀爬。到了中间的一个地方，他忽然回过头来兴奋地指着崖边一个地方对下面高呼："看见一个黑乎乎的洞了！"我朝他手指的方向看去，一块大的黑影贴在崖壁，莫非那就是洞了？

早些时候，我告诉过一位家住这里，如今迁往城里的退休老同志去过百丈崖的事情。他听了很惊奇，说："知道那儿还有个洞吗？那洞很深，至今还没有人走通头。"当时我没有攀崖而上，当然不知，不过也给了我念想。这回洞被那个男人发现了，他走到跟前，却不敢走进，因为洞口太小，里面漆黑。他没有走进，自然我也没有攀爬而上直抵洞口，这算不算是一种遗憾？

我不上去了，就看脚下来自百丈崖的水，发觉它既温驯又调皮。它在崖顶玩着跳水的动作，跳下来，又如一条白蛇在大小石头间左奔右突。而在平缓处，它又是如此安静和本分。就这样它奔流一路，平缓和急速不时交错，构成了水的两面性。沿水的两岸，不知从上面走过了多少时光，走过了多少人。打猎和农耕的汉子，浣衣的村妇，捉鱼和摸虾的孩童，他们都依赖着这水的滋润日子。

来百丈崖前，车子经过村庄，看到的是大多数的门窗紧闭，偶或开着的，也只见老者和孩童，一路的田地里，只看见几个年过花甲的老者在劳作。陪同的长岭村书记告诉我，这是一个普遍现象，年轻人都在外面打拼，过年时就会回来，这不像百丈崖下流过的匆匆复匆匆的水，一去不回头。

忽然，我觉得我的额头被什么东西轻触了一下，忙看去，竟是一枚落叶。它触碰了我一下过后，就掉落在了一块石头上，我似乎听见了它掉落的重重的声响和一声轻微的叹息。我知道它的痛楚和它对生命完结的悲哀，但我却不能够去安慰，事实是，人和物不能互通，这是谁的悲哀呢？自然之中，生命都遵循着规律，彼此都不可复制。

回过头来，我又看见了百丈崖下的一座村庄，它镶嵌在青山之中，宛若一幅浑然天成的画作。一条道路将村庄串联，连接着山里山外。围绕着村庄的就是田畴，那是山里人最早开垦的耕地，泥土已被无数双手侍弄，上面长出的农作物滋养了一代又一代的山里人。长此以往，村庄、道路和田畴，还会一直这样的相互依存。

突然就觉得百丈崖是天神安插在人间的天眼了，它有一双深邃的眼瞳，巡视着周边，一天又一天，一年又一年，以一种平静，一种安然，打量或憧憬着一切……

苗尖的心跳

在山底, 我瞅着高高的山峰, 就担忧如何上得去。还在犹豫的时候, 车子在一个山嘴一拐, 就进了一条盘旋上山的水泥路。然而, 一路令人望而生畏的陡坡, 一边被茂密植被覆盖的沟壑, 让坐在车里的我, 心跳亦如奔跑的小鹿一般了。

此次, 我们是向着苗尖而去的。苗尖是哪里? 苗尖是唐湾镇的大山中一个村落的名字, 四围都是高山, 只在山腰间有一块簸箕地, 被几百年前从江西婺水避战乱而来的人们看准, 在这里定居繁衍的。村落的名字苗尖, 我猜想, 当年的人一定是瞄着山尖下的这块丰盛的簸箕地而来。果然, 在我抵达苗尖时, 笑吟吟地前来迎接的当地女能人朱女士, 对它的解释, 与我不谋而合。

当站在苗尖村落中的广场上, 我分明清晰地听见了苗尖的心跳。它是那么缓, 那么轻, 像温暖的春风, 又像一脉柔软的溪流, 瞬间涤去了我的浮躁, 让我的心片刻宁静下来。这时候, 我就看苗尖的所在, 知道了山还在高处, 而苗尖处在山腰的盆地，无疑就是大山的心脏。那么它的心跳声，就有大自然的清音，有来自天籁的梵音，听了，怎不令人舒坦。而当今，我们所处的繁华尘世，在灯红酒绿中，太容易让人迷失，这不像苗尖的草和木，山和水，皆不为世俗、不为纷扰所动，依然在四季的轮回中遵循自己的本真，顾我或者忘我。庆幸能够在山花烂漫的人间四月天，与苗尖遇见，才会在苗尖看见，才会在苗尖听见，才会让我回归到本真，这也是偶然中的必然。

其实，在刚进苗尖地界时，我似乎就听见了苗尖的心跳声，但当时不觉得。只是觉得那不过是挂在悬崖上的一匹瀑布，是苗尖派到山间来欢迎我的着一袭白裙子的少女，借助山这架钢琴，不媚不艳，不骄不躁，一以贯之地弹奏着清新悦耳的欢迎曲。而这还真像，就见那瀑流从高处分三段而下，与岩石撞击，响起了三段不同的音符。听起来，就切入肌肤，贯穿血脉，令人如醉如痴。这该是苗尖心跳的序曲吧，让我不由得羡慕起苗尖的山川、溪流、草木、花朵和村民，多么幸福！在蓝天白云下，在如画般的世界里，每天听着曼妙的音乐，愉快地生活着。

当然，在村落的广场上，循着心跳，还可以深入苗尖的深处。广场之上，就是古民居，它是世代人们居住的场所。古民居大小一百多间房屋，四进式建筑风格，主通道连接分通道，使得家家户户相连。正中是门楼，若不进去，使人误以为是一个大户人家。但如今房屋已经破烂不堪，有些甚至坍塌了，这与附近新建的楼房比，显然不相称。

　　我试图从这些破旧的屋内，寻找一点苗尖有价值的历史遗迹，然而，黝黑的屋内，看不到什么。我只能退出，看那些黑色小瓦之上厚厚的瓦松，狭小天井里层叠的苔藓，斑驳且潮湿的墙壁以及门楼上已有一百五十年历史的"宝婺增辉"牌匾，只有这些，才能让时光慢下来，我才能静下来，静下来触摸苗尖的脉搏，聆听苗尖的心跳。

　　紧靠古民居东边的山坡上，巍然耸立着五棵魁梧的参天古松树，离它们远一点且站在高处，能观察出其形似如来佛的五根手指，如五岳相聚，也如五个壮实的大汉。而我看它时，恰好一阵风吹，就听见了状如洪钟的一阵松涛声，它激荡在山间，竟使我产生一种无可言状的激动。我无以言说了，默默地看着，一瞬间，错觉竟让我看出它们是五个天使，忠心耿耿地在守护苗尖的心脏，守护苗尖的和平和安宁。

　　站在五棵古松前，视野豁然开阔，远山近水都被揽在胸怀。远处那些沿溪边的茶园，在春阳之下，正萌动着春情。那些山坡上金黄的油菜，春光抹过，笑容灿烂。近处山岚上，满山的桃花红艳艳，李花洁白，映山红充实当中，使得满山遍野都是花枝招展。但当春风吹起，那些花蕊的颤动，更会打动人的心弦。我就被花蕊的颤动迷住，把桃花当作韵味十足的少妇，把李花当作翩翩风度的少年郎，把映山红当作情窦初开的少女，排山倒海地涌来，让我的心跳加速。在自觉不自觉中，它们让我融入了苗尖，成了苗尖的一分子。而我只有在此时，物我两忘，才与苗尖的心跳合拍，才与苗尖完美地统一。

我在流经村落的溪边停留，往下看不到溪流的尽头，往上更看不到溪流的源头，只看到水边的青草、一段亮晶晶的溪水和溪边的蓬勃的植物，而一直以来，它们就是这样，改变的是时间，不变的是它们。岁月绵长，时间永恒，它与苗尖的一切都在漫长的寂寞中度过，世上一切的荣华，一切的悲伤，仿佛都不曾有过。毕竟，它们就是它们，你们来了，我还是我；你们走了，我仍是我。

它们是热爱着苗尖的，可以说它们是苗尖生命中不可或缺的部分，还有历代的苗尖人，该也是苗尖生命的一部分。面对溪水，溪边的一座白墙黑瓦的屋子，临溪的一处竹林，一棵桃花灼灼的桃树，我能说些什么？我知道，滚滚红尘之中，我时常被羁绊，哪能修心静悟？但它们是不用担心的，它们秉天地之精华，在日月星辰的转换里，是能参透一切的。

通苗尖村落的水泥路，是近几年才修的，没通路之前，苗尖就是一处世外桃源。但这样的桃源，阻碍了苗尖的富裕，也与时代的发展格格不入。苗尖人痛定思痛，发动集体的力量，在朱女士的带领下，发扬愚公移山精神，终于将路修向了山外。除此之外，苗尖人还做起了山的文章，在山上种植了千亩茶园，产出了大量优质的茶叶，远销省内外。一些苗尖人还因山制宜，兴办了农家乐，让更多的都市人来此零距离地看山水的画卷，与大自然亲密接触。这些我看见的都是真实的。确实，苗尖的那些生态美景，那些淳朴的

民风，那些厚重的人文，那些感人的事迹，是多值得挥笔泼墨。

我到苗尖的时候，村落中的广场上停了不少外地车辆，在游玩当中也听到了来自五湖四海的声音，临近吃饭的时候，仍有外地车涌来。这让我感到过去养在深闺人未识的苗尖，一下子就成了炙手可热的香饽饽。如此，苗尖的心跳，可谓是与时代共同搏动了。

临走，不忘泡一杯苗尖的新茶，当碧绿的茶叶在水中潇洒自如地翻滚，我就以为将苗尖泡在了春天里。再喝上一口，又以为苗尖的心跳自此与我的心跳连在了一起。

此生痴绝处，无梦到苗尖。苗尖的心跳，一定是永恒的心跳！

荒草尖的春光下，我们是一匹匹的春茶

荒草尖在山里，"告春及轩"在城里，两个本不相及的所在，因茶的机缘而结合在一起，该是一件妙事。我知道它，则是因为朋友送我的一盒桐城小花茶。它的精致包装上，印有"告春及轩"字样，让我眼前一亮，便觉打造此品牌的人不简单，匠心独运地将桐城小花茶与文化巧妙地融合了。而我以为，茶与文化的接轨，自然就沾染了文化气息，品位也陡然高升，饮茶之人，境界也就高了。

桐城自古文风昌盛，素有文都的美誉，很多文人，都喜好一杯氤氲着清香的桐城小花茶。无论何时何地，仿佛他们喝一口小花茶，都会把春天喝进心里，产生一种春天般的激情，然后激扬文字，舒展情怀。

"告春及轩"这名字多好，从字面上看，即是告诉了人们春天已经来到了一处临窗的长廊上抑或来到一处幽静的小屋，这多有诗意，多有内涵。可我理解了这些后，还想着它有着字面上无法表达的一重意思，那就是人渴望春天常驻心里的愿景。

对于"告春及轩"，我是知道的，它只是一处房屋的名字，是九十多年前桐城名人左光斗的后裔左挺澄先生兴建的，就坐落在文庙的后面。它与清风市毗邻，高大的山墙隔离了市声，里面典雅的建筑，配上一些树木花卉，倒是显得幽静。每每从那儿经过，我都会情不自禁地看一眼，有时也想着左挺澄先生怎有着如此的雅兴，给他的住宅取名"告春及轩"？或许他的心里有着春天，或许他等待着春天吧！由此及彼，每一个人心里该都有春天，不论他以何种方式抵达、何种方式感悟。很佩服以"告春及轩"来表达春茶的人，以为他的内心有对春天的一种尊崇，换个角度说就是将春天进行到底了。这也让我在品"告春及轩"茶时，有对春天的致敬，也有饮春茶就是饮春天的感觉。

倘若从"告春及轩"出发，抵达大山深处的荒草尖，面对满山青翠的茶园，面对山的远处，城里"告春及轩"的方向，是否可以找到"告春及轩"和春茶相关联的一些东西？

在一个春光明媚的周日，我们专门去了一趟荒草尖。去的路非常险峻，好在修了水泥路，才使车顺利抵达，这要在过去想都不敢想。山上有几十户人家，没修路之前都靠着一条小路肩挑手提地走过，其艰辛可想而知。然而，这里远离喧嚣，是清净的地方，可谓是世外桃源。而荒草尖的茶园，又远离了村落，只与蓝天、云雾、树木和兰草为伍，享尽了自然的恩赐。所以，荒草尖的茶，蓄了天地之气，予人以灵慧之感。

但当登临荒草尖，看见山坡上碧绿青翠的茶树以整齐的队列向山顶蔓延，向山坡的周围扩张，就不觉得它们是茶树，而是有着生命动能的力量了。当阳光镀过来，碧绿的茶叶上就流泻了一重重金光，仿若一张张洋溢着幸福的笑脸。当春风吹过来，这些茶树的茶头一律战战兢兢，有一种说不出道不尽的意味。此时，如果说山坡周边的那些大树是伟岸的男人，那么我要说这些茶树就是妩媚的女人了。

那些从茶树上采摘的茶叶，经过制作还可以保存，以便任何季节都可以泡上一杯。这时候就见到泡在水杯里的茶叶，一匹匹在杯中舒展，其轻盈的身姿，像一个个脉脉含情的少女。每每泡上一杯茶，我都会静观它们，能做的只能是屏住呼吸，能想的只是春天里它们在茶树上的鲜活。于是，我就以为它们是一些尤物，因为它们不仅会呼吸，会珍藏，会毫不保留内质，而且会再现春天的情景，会让人感悟人生。

我是喜爱春茶的，写作之时，都会在桌前放上一杯，写到语词穷尽时，喝上一口，便会满齿生茶香、神清气爽。这时候，似乎我又触摸到了春天，那些一时想不到的字词句，就像春天里的植物一般蓬勃而出了。可以说，春茶伴随着我的写作，我的每一篇文字似乎都浸润着茶香，如此，春茶功莫大焉！

人生如茶，品茶也是在品人。将人生泡进茶里，在这个纷繁复杂的世界，要做到它，容易也不容易。如果有人能摈弃一些世俗，去掉一些芜杂，丢下一些杂念，他是可以达到的。而滚滚红尘中，贪婪和欲望往往并肩而立，要逾越过去，没有一定的定力是不行的，有人尽管喝茶，却始终无法达到境界，也就无法尝到人生泡在茶里的滋味，这也是一种悲哀。

春光下的荒草尖，山顶的云雾早已散去，露出了高高的山峰来，它高过了周围的群峰，大有君临天下的气概。站在其上，可以一览众山小。其时，我看那些山峰，起起伏伏，亦如人生一样的起起伏伏。但山峰静默，人却躁动。再看茶树，虽臣服于高山之下，但仍然有着茶树的尊严。我就坚信它们也如人，也是有生命的，也是有思想的，也是历经春夏秋冬，也是迎着阳光生长、迎着黑夜休息的。可是它们不说话，以至我无法以赞美的语言问候，我就站到了茶树中间，虔诚地凝视刚冒芽的茶头，轻轻地抚摸它经历风雨的枝条，不知不觉心里有了一种异样，然而传递到了脸上，本来是表达一种不解的表情，却是展现出了一种微笑来。

此时，春光照着荒草尖的茶树，也照着我微笑的脸庞。有那么一刻我醉了，而春风的荡漾，又让我醍醐灌顶。我知道了荒草尖的茶树和"告春及轩"是真实的，它们都远离了市声，都在清净中完善了自我。但抛弃真实，它们又是抽象的，抽象得让人浮想联翩。而当真实与抽象碰撞时，那就是整个春天在人心里的感觉。

我们一群人依次站在茶树中，站成了茶园中的风景。目睹此景，我忽然异想天开，觉得在荒草尖的阳光下，我们就是那一匹匹的春茶。

在杨头上

深入到山的深处，才知别有洞天，这就是杨头村了。眼下正是春四月，杨头的那些绵延起伏、层峦叠嶂的群山，被春光抚慰着，似乎山中的一切都充盈性感了。它们撩拨起了我的兴趣，可我不能全部去看，只能远远地选择一个浓荫密布的大树仰望，在春风的吹拂下，仰望极尽远的远处和极尽高的高处。

每座山的平坦处，都有一些房屋，那是村落，它在杨头有好多处，靠着山的庇护，在满目青翠当中欲隐欲现着。我所在的地方，能看见的都是楼房，有的陈旧，有的崭新。早晨的炊烟飘在当中，看着像感叹号、像问号、像波纹等，而我以为是割不断的乡愁，是故乡的味道。

当炊烟袅娜地散后，就有采茶人背着背篓从屋内出去，也有人背着背篓从山上的茶园采茶回来，而更多的是山外来买茶的车辆，将大大小小的屋前空场挤得严严实实。有一条小溪从屋前流过，溪岸上密布着灌木和野草，从缝隙里可以看见清澈的溪水，阳光在上面，与伸出的灌木枝条和野草一起摇晃。

　　沿溪之上有茶园，有三两个女子戴着草帽在采茶，她们机械地不厌其烦地重复摘茶的动作，仿佛成了一种定式。而她们的衣着鲜丽，与茶园的碧绿，倒也丰富着茶园的内容，与我而言，则是相看两不厌的风景。

　　这时候越过茶园看远处，便是山峰，裹着一层绿色，那些茂密的林木遮掩着沟壑的秘密。再远处，又是更高一层的山峰，它们起伏蜿蜒的姿态，如蛇行，如五线谱，极尽了美的韵味，像某位大家的一抹重笔。处在当中，我被其吞噬。

　　山是绿色的，茶园是绿色的，心便也是绿色的了。但我分不清自己是杨头整版绿里的哪一种绿色，我看见了墨绿的树木，黄绿的竹林，嫩绿的野草，石绿的苔藓，葱绿的茶园，玉绿的一些树木，等等。看得久了，只觉得整个杨头都是一个大写的绿字，绿海荡漾，绿意泛滥。

　　在这些绿中，时常也腾起岚气，一团一团的，展示着各种各样的姿态，怎么去看，都极富诗情，都可以给予其诗意的名称。而我看它们浮浮浅浅地飘浮在"绿海"之中，以为在以一种语言安抚另一种语言。

　　四月底了，茶园的茶树一个劲地疯长新叶，摘茶的人忙也忙不过来。去了几处茶园，有的在采茶，有的无人采茶，那大概是采摘过了的。在有人采摘的茶园，茶树密密匝匝，风也一动不动，只是还没摘的枝头嫩叶，才自由地摇晃着。而一边山坡上的斑茅草，被风吹着，恍惚似集体舞蹈。我还看见丛中的一些弱小的黄色的花朵，像一群娇小的少女，在密集的草丛里，看它们之外的世界。

上午阳光迷人，茶树被阳光亲吻，那些茶树似乎洋溢着莫大的幸福。我站在茶树中间，阳光也在亲吻，同样也感到了莫大的幸福，有一刻，恍然将自己当成了一棵茶树。茶园有几个人在摘茶，见有动静，一个人就抬起头看。草帽遮着，以致我无法看清真实的眼神和表情。但我越过她的头顶，还是看见了茶园里竖着的一些蓝色的牌子，都是些写着"定向发酵饼肥""发酵饼"等的牌子，哦，原来是杨头在打绿色的茶品牌啊！

在茶园之上，就是一处山峰。登高望远，可以越过逶迤的群山，看见我所居住的市区。有雾，不能看得真切，但是可以看得见林立的楼房，雾中出没，疑是城市中的森林。而楼与楼之间的空隙，该是车水马龙的路了，好像我还听见了混杂的市声。在那里生活和工作，习惯了喧嚣的市声，它早已麻木或者束缚了思想，成为心病，有时想离开，却又欲罢不能。

而杨头，处在深山之中，没有市声的喧嚣，有的是自然的清新，有的是清净，可以饱览大自然的秀色，与日月星辰对话，听天籁之音，简直是一个世外桃源。如此，在杨头，任何人可以无为，也可以有为，享受"结庐在人境，而无车马喧"的意境。

我羡慕这些茶树，它们长在深山，秉日月之精气，享天地之精华，何人能及啊？它们寂寞孤独地生长着，没有怨言，悟出了我存在的快乐境界，据此，我以为它们的心灵得到了净化，精神得到了升华。酷暑或者严冬之际，泡上一杯绿茶，看见碧绿的茶叶在水中窈窕多姿的形态，我没有理由不想到欣欣向荣的春天。春天好，春天多好啊！

一个春天过去，茶季就结束了，但茶园没有结束使命，还在为明年孕育新叶，周而复始，循环往复，直到生命的终结。总是在品茶时，在袅绕的茶香中，慨叹天空深邃，大地辽阔。感喟季节交替，人生苍茫。也总是在一些睡梦中，看见大山里碧绿的茶园，梦见自己就是一棵茶树，被人采摘，泡在了杯中。

眼前这一大片茶园，其绿色的招摇，晃得我心海荡漾，我什么都不去想了。我想我可能空了，仿若自己也是一棵茶树，也生长着茶叶，泡在了时光里。岁月悠悠，红尘滚滚，不论何人，只要来杨头，都可以抛弃红尘里的杂念，放空自己，虚幻为一棵茶树，生长茶叶，被泡在时光里。

所以，在高高的杨头，一切如幻，都如在茶中！

湿地之春

再次去湿地，是在四月初一个欲雨不雨的下午，与去年秋天隔了一个冬天。记得秋天的湿地，草未黄，还有着肥美的风姿，几头水牛神闲气定地在吃草，一些蝴蝶在草丛中飞舞，一些水鸟飞上飞下，蓝天在上，白云悠悠，好一幅绝美的自然画图。这回春天里来，万物萌发，秋天的物象被春天的物象遮覆，春光流泻，一切都在蓬勃着，又是怎样的水墨？

还是越过起伏不平的丘陵，只是一路上呈现的是油菜花的金黄，青郁郁的麦苗和蓬勃的绿色了，这春天的美景，实在令人意犹未尽。而这都是到达湿地前的序曲，它们会引领着我一步步走向湿地的内核，那里才有我想要的或者领悟的物象。

终于抵达湿地，一下车，就觉得天空比之前更黑，远远的地方隐约着沉闷的雷声，身边也有湿润的春风拂过，低下头，就看见几朵黄色的蒲公英在微颤，抬起头，就有一些白色的鸟慌张地飞向远处，这一切似乎都在预告着有雨即将来临。然而，四月初湿地盈盈的绿，如一块磁石，深深地吸住了我，不管是否有雨了，我依然走向了我心爱的湿地。

四月初，湖水没涨上来，湿地的春天是私密的。流向湖的一条河，静静地横卧着，将心思掩埋在深深的河水里，只有春风掠过，才漾起几圈涟漪，婉约地和堤岸叫板。堤岸上早就有一些青青的绿，在向天空示爱，在与水声慢声细语地对话。一些鸟声藏掖在其中，将湿地的宁静演绎到了极致。湿地的绿、平静的河水、远处迷蒙的湖面，此刻灰蒙蒙的天气，几声鸟叫，该是湿地的原色，它们互为依存、互为补充，一同将四月初的春天勾勒成了一幅淡雅的素描。忽然我想到了阳光，倘若春阳流泻其上，这素描是怎样的具有诗意，又是怎样的一种色彩？可现在大块的时间，大块的湿地，被迷蒙的天气遮蔽，使一些美好藏匿，又有着使人欲罢不能的叹息。阳光美好，能让一切生机勃然，也让心情阳光，可这个下午没有阳光，这样也好，孑然地走入春潮涌动的湿地里，看那些惬意得让人战栗的物象，应该也有着不一样的心情和不一样的收获。

湿地在召唤。越过一段因昨天的雨而泥泞不堪的河堤，就到了湿地的边缘。旧年茂盛的草，湿地里已不见了，取而代之的是今春的草，它们蓬勃着，挥发着春天的激情。河堤有细柳，柳条纤细，千丝万缕，继续重复着过去的摇曳。河水中还有一棵枯树，直挺挺的树干呈灰白色，与水的清澈有着鲜明的对比。天地之间，水对万物的作用明显，既能使之生长，也能使之灭亡。不知道这枯树何时而生，何时而死，这与水有关也无关。这时候，看枯树在水中清晰的影子，我仍难看见过去时光里它与水的一些牵扯磕绊。或许，一切都很神奇，一切都很私密。又有薄雾从远处的堤岸起了，渐渐地越过河面，枯树也就若隐若现，这一切很自然，也很必然，事物也总是在某一瞬间被虚拟掉，当真而又失真。

　　因了薄雾的侵入，湿地上也腾起了雾，它薄如轻纱，与湿地的草轻触，让草儿们也因此进入了朦胧的韵律。草地上就有几头老牛停止了咀嚼，歪着头仔细地在听着什么，那副专注的样子，像在倾听绝版的音乐。这几头老牛，不知是不是去年秋天的时候草地里我看过的那几头。一边有个牧牛的老人躺在草上，手托着腮，歪着头看我。老者秋天的时候不在，几头牛应该与他有关，问过后果然如此，他说，牛是他放养的，还说，草还是草，却是新的了，牛还是牛，我还是我，却都长了一岁。老者所言，令我沉思，一时我竟难以言语。也就想着，岁月长河，唯有时间恒久，草在其间虽还是草，牛在其间虽还是牛，却都是不同的生命特质了，而人在其间，更是。

　　有薄雾的湿地之春，具有烂漫或者是神奇的色彩，步入其中，都能让我对细节进行品味。堤岸和河水的交汇处，枯死的芦苇中，已经有大片新生的芦苇出现了，春风一叹喟，它们都沙沙作响，分不清响声是枯旧的，还是新生的。我不愿去解它们之间的纠结，倒是将旧的响声当成一种生命结束后的绝唱，将新的响声当成一种生命涅槃后的欢歌。面对风吹苇动的景色，我能做的只能站住，只能静下来，屏住呼吸，体味它隐在时光深处的况味。

时令走到四月，湿地早就迷花乱眼了，那些湿地的动植物纷纷从寂静中走出，处于不安分的状态。我看见草中有昆虫在低飞，有被牛蹄踩翻了的新螺，草上有几只蝴蝶在翩跹，甚至还看见几条滑进泥里的泥鳅，远处的几只白天鹅，还有更远的远处，薄雾笼罩，水天一色，分明是湖了。

湖是不可能去的了，那要耽搁很长的时间，待在湿地最好，看这些绿油油的青草沾染着天光，使得胸中涌起诗意，该是何等惬意。而草儿起伏跌宕，风吹过来，一浪一浪地律动，又让人心醉。情不自禁地阅视，又让人忘乎所以，竟不自觉走到草丛中，张开四肢躺下来，仰望苍穹，也是情之所至。

几声鸟鸣打破了湿地的寂静，循着鸟声望去，它们在飞远，从飞的轨迹中，我悟到了风雅的意味。回头来看堤岸，堤内堤外是两重世界，堤内是密布的青草，堤外是圩田，种有油菜花，那些油菜花的黄，笑吟吟地正在一波波地传递着蜜语。它们一律披着黄头巾，如一个个风情万种的美女，在打着成熟的旗号，渲染着湿地的春天。有几只蜜蜂在油菜花上盘旋，然后扎进花中，它们的翅膀上就有了花的印迹，而油菜花不久就会陡然收缩，成荚护籽。

湿地里是有花的，一丛丛蒲公英，朵朵娇小，开得文静而又淡然。它们是湿地之春的耳朵，既倾听春风，也倾听万物的拔节之声，还倾听我以及以后更多到来之人的目光。其他还有一些微小的蓝色的花，我不知道它们的名字，我知道的是它们也是生命，春天湿地的舞台，是它们大显身手的地方。就以为，存在着就得体现价值，该是这些花的追求。这些花，蜜蜂该是来过，它们一朵朵地亲吻，是蜜蜂的追求。我来看它们，是我们生命里彼此的相约，没有早一步，也没有晚一步，一切是这样自然，也算是我的追求吧。

四月天的湿地我来了，在这儿我丢掉了一些什么，也得到了一些什么，它一定会成为我挥之不去的惦念。

狗尾巴草

狗尾巴草是很平凡的一种草，遍地都是，有十足的野性和倔强的性格，给一点阳光和土壤，一定就会蓬勃一片。这样的狗尾巴草，日常里我会经常遇见。

只要我走出家门，楼前长不过三米宽的空地上，那些蓬勃的狗尾巴草，就会摇曳着长尾巴欢迎我。它们一蓬一蓬地紧挨着，高矮不同，让扬起的穗子也错落。而夹在当中的丫头草，同样是参差不齐，这样的组合，无疑凌乱。

有人见了不太喜欢，但我却喜欢，以为狗尾巴草是将军，丫头草是手持长矛的护卫，它们展示的雄姿咄咄逼人，似乎要进行一场战斗呢。这样的态势，暴露在光天化日之下，对我来说就是最好的抚慰，这毕竟比裸露着的荒凉要好百倍。它让我看到高楼林立之中，还有那么一抹绿色，又会让我消弭掉尘世中的迷茫和困惑。

记得这块空地原先是楼前的绿化带，曾有过几棵松柏，不知何时也不知何因就被人砍了。如今，拨开狗尾巴草，还会看到它早就枯了的树桩。有段时间，有人在那上面种过菜，也曾有过收获。后来在某一个秋天，小区的环境整治中，菜地被毁了，这块地立刻显得整洁，但仍没有绿化。我走来走去，看着光洁的样子，仍觉得它缺了一种生命的律动。但那风一吹，地块上尘土飞扬，呼啸着乱窜，看着就有了一种心痛和失落。

好在时间不长，在第二年春天来临的时候，本不指望长出任何植物的地方，却突然冒出了绿茵茵的一片狗尾巴草和丫头草。我很惊奇它们在上年的秋天被斩草除根过后，依然还有种子被深藏，这是一种对生命的渴望还是一种对生命的尊崇，抑或是对生命的锲而不舍？

这样一年又一年，今儿个秋天小区里整治环境，它们被消灭，明儿个春天春风一吹，它们又会冒出来，葳蕤一片，所谓的"野火烧不尽，春风吹又生"啊！而我知道，它们的命运多舛，其柔弱的生命不能抵抗各种人为和自然因素，但它们埋藏着悲愤，集聚起来就是一种巨大的力量。所以，它们不能安排命运，却能义无反顾地与命运抗争，这是本能，也是生命的职责。大自然中，植物如是，人亦如是啊！

很多时候，我都仔细地观察狗尾巴草。知道了它的顶部像狗的尾巴，长长的一截中有绒毛状的纤毛密布，小穗则密密地排在主轴上，看起来就有一种毛茸茸的质感，摸起来则有些轻微扎人。风一吹，就会摇曳生姿，顾盼多情，别有一番韵味。有时，看久了，我也禁不住会从它青翠且细长的茎上掐断两根，把玩在手掌，并且试着按照小时候的样式，将狗尾巴草打个结，然后串起来，打造成一把儿时经常做的二胡，再拉上几回。再或者用它编成一个儿时经常做的潜伏的战士用的圆环，戴到头上……如此已经回不去的童年，便又重现在眼前，这似乎比回忆来得猛烈和深刻。

曾看过由琼瑶小说改编的《情深深雨蒙蒙》电视剧，那里最经典的台词无疑是"狗尾巴草的戒指，你一个，我一个，我们就算结婚了"这句话。这朴实的话，蕴藏着无限的浓情蜜意，一下子就让人想到什么叫浪漫，什么是地老天荒的美丽誓言。

这块地被今年的大水浸泡了几天，那几天我经过，看到它们只在水中露出着狗尾巴，心就一紧，担心它是否能挺住。没想几天后，阳光一出来，它们抖了抖身子，竟然又挺立起来了。再后来连着四十多天的高温，一滴雨没下，每天看着它们受着炎热的折磨，心想没救了，可第二天的早晨，它们又是精神抖擞的了。欣喜之余，就在周边寻找让它们成活的理由，然而周边是没有水源的，这是什么原因呢？

试着拽起一根，却无功而返，原来它的根扎入太深。我只能找来一把锄头，将它挖出，就看到它的根系很密且长，这应该就是它维持向上力量的基础，也是它维系生命的根本。根据生命的规律，它只有不到一年的生命，可它不埋怨，不计较，一心只为这生命的存在打牢根基。这也昭示着它所做的，就是为着生命的存在和为着生命的辉煌。而岁月的长河里，无一物不是啊！

又是秋天了，狗尾巴草的命运又悬了。前几日，小区发出通告，说要整治小区环境了。我就想那些狗尾巴草，恐怕等不到自然死亡，就要被斩尽杀绝。果不其然，那天下班回来，狗尾巴草就被清理了，那块地一片狼藉，看着我就心疼。

然而，悲悯过后，我仍坚信，明年的春天，狗尾草还会卷土重来，眼前仍会出现狗尾巴草摇曳的身影。

吊兰的似水年华

　　没想到一盆吊兰的枯萎，来得如此突然。那天看它有些萎靡的样子，固执地想着它可能缺水了，就自以为是地给它多浇了一些水，这竟成了我与这盆吊兰的永别。如此，我就是十恶不赦的刽子手，我不该，万万不该啊！

　　确切地说这盆吊兰跟了我两年，时间上说，太过短暂了，以至我现在都还在怀疑它是否真实存在过。两年里，只要我推开办公室的门，就看见它惹人爱的样子，便心生欢喜。我知道经受了一夜的寂寞过后，新的一天又得到我的青睐，我欢喜它该也是欢喜的，尽管它不语，依旧一如既往的样子。

　　我很清楚大凡沉默的生命，只在风吹过，发出声响之后，其他时间也都是默默不语。而正是这样的不语，总是被我或者我们所忽略，有时我或者我们还真忘了它是否有情感，是否有语言。但这不是我或者我们的过错，也不是它们的过错。世上万物，存在就是合理，生存与死亡是自然的法则，谁也改变不了，人如此，万物也如此，本质上并没有区别。

吊兰是我从别的盆里掐头插栽的。某天我看见别的办公室有盆吊兰，长势旺盛，茂密的如剑的叶子间，还突出着几根长长的绿色枝条，且每条的枝头上都顶着一个很小的吊兰，只是颜色绿中偏白，与盆里吊兰的深绿相比，一个显得老成，一个则是幼稚。我用这两个词语来形容，并不代表真实的它们，从更深的层次说，我以为这是吊兰的生命传递，它在等着有机缘被栽插呢。

该是我与之有机缘，立刻我就喜欢上了，征得了同意，就随意掐下了吊兰的一个头。在掐的时候，它虽一声不吭，但我知道吊兰也有痛楚，不过它这是为即将成为新的生命而痛楚，是吊兰生命的再次延续，使命光荣而伟大。

办公室正好有个原先栽有一株玉树的花盆，因为不善于管理，玉树早就夭折了。空了的花盆，自此就有了新的主人——吊兰，怕也是不寂寞、不孤单了。而这吊兰与办公室的其他花草一起，既丰富了办公室的内容，又浓郁了办公室的情调。每天眼光在其间周旋，看它们静默的样子，我就会从中悟出一些东西，明白一些哲理，心情便会获得一些愉悦，陡然间似乎就有了一点成就感。

吊兰一开始入盆的时候，像一个刚断奶的孩子，很弱小，栽在盆中，很是令我担心。好在有人指点，说它很皮实，只要定期给它浇透水即可。按照指点我精心去做了，果然不久它就长出了根须。那会儿，我还轻轻地试着拔一拔，但明显感觉很沉，是有一种力量在往下拽了，这说明它成活了。

随着吊兰的长大，我也逐渐见证了它的羞涩和活泼的时光，明显地感到了一种生命的成长。尽管这成长在每日之间不明显，但时间久了，仍然还是看到它的不同。这样多好，目睹一个生命的成长，再延及其他，就会汲取一些东西，于我大有裨益。

在阳光的日子，我会将它端到室外晒阳光，让阳光来温暖它。阳光下的它确是娇羞可人，一动不动地任由米黄的光线滑过它光滑平整的枝叶，虽然看不出任何表情，但却无法抵御它呈现给我的并由我来传递的内心的一抹颤动。而有风吹拂之时，它细长的叶片便会微微地抖动，看得出它有时是十分情愿，有时却是迫于压力变得十分不情愿。但不管如何，这都是它无法抗拒的力量，就像生活中我们有时得到的表扬，或者有时不能经受突如其来的打击一样。风住后，一切都归于平静，吊兰也复归如初，好像之前根本就没有发生过什么。同样我的心情也归于平静，这是自然，也是必然。时光之中，一切的一切，该都是在这样的状态中起起伏伏。

而我看见喜人的吊兰，就非常期待吊兰能在这状态里，健康快乐地成长。可以说我的愿望是美好的，但吊兰的命运并不是我所能掌握，它生命本身的变幻莫测却使我难以预测。当那天我从一堆烦琐的公务里抬起头，迎着淡淡的光线看了一眼吊兰，竟然发现它的生命极其垂危了，这一情况来得突然，我一下子就慌神儿了。再走近看它的叶子，几乎都

衰败，瘫在了盆中的泥土之上。

目睹它的惨状，似乎我听见了它声嘶力竭地一声声求救。自然我就滋生了怜悯，想着它可能缺水了，就以浇水的方式来挽救。那一刻，我给它浇够了水，以期待它第二天的重生。但事与愿违，第二天它的灵魂走了，它竟然真的死去了。而我为它安置的花盆倒成了它的坟茔，它死去的叶子则成了它的魂幡。我长时间地凝视死去的吊兰，一种疼痛就由血脉里慢慢漫延开来。

这盆吊兰的生命因我而来，我使它活着，也令它死去，可以说我掌管着它的生命。而活着时，它的年华应该是欢愉的、灿烂的、有成就的。但它死得很突然，没有给我哪怕一点儿的暗示，该是很无奈、很凄惨。由此，我想到了自己以后的命运，甚至更多人的命运。也想着生命的本真就是这样，有来就有去，悲伤是徒劳的。而生活中，每个人还在生活，所以，当下的时光，还是值得好好珍惜。

两年里，我欣慰拥有过与吊兰在一起的那些快乐时光，我们共处一室，相处融洽，可谓心心相印了。我在烦心时，看见一如既往生机勃勃的吊兰，往往会平添一种信心。在开心时，我也会看一看吊兰，我是想把我的开心与之分享。如此，吊兰走进了我的生活，我与它已经亲密无间。可吊兰的离去，带给我很大的伤悲，一段时间里，看到依旧摆在室内的花盆，就仿佛看到了以前的那盆吊兰。它的形体虽已去，但我以为它的灵魂分明还在。

　　现在，花盆里新栽插的吊兰，长势喜人，颇有先前那盆吊兰的几分风韵，几分仙骨，也仿若先前吊兰的灵魂附体。而我是越发喜爱了，我知道这是吊兰生命的延续，又是一个新生命的张扬！

安静的铜钱草

　　一天，去别的办公室办事，一进门，就看见一个同事正盯着桌前的一瓶铜钱草。而他对铜钱草是那么专注，竟然没有发现大步进来的我，一直等到我走近，他才有些惊诧地将眼光从铜钱草上收回。见他如此钟情铜钱草，我一边笑着讥讽他也喜欢拈花惹草，一边随意地抬起手想去抚摸铜钱草。

　　他见了，竟然大惊失色，连忙喝住我，说："别动，知道吗？这是一瓶安静的铜钱草，你一动，就破坏了它们的修为。"他的话，我以为颇有哲理，也就认可了铜钱草的修为。世上的事物纷繁复杂，无论静止还是运动，都有其内在的东西。既有外露的，也有内敛的，只不过，不同的人有不同的领悟、觉察或者体味罢了。

　　同事的铜钱草摆放在办公桌上，这给凌乱的桌面带来了一抹生机，仿佛那些文件和纸张都是铺垫，都是生活乃至生命的序曲。此时，在我眼里，它活泼着，也典雅着，既丰富着内心，也愉悦着彼此。这瓶铜钱草只有十几株的样子，不显得单薄，倒是显得有些集体的范儿。

它们一律都是细长的绿秆子，上面顶着一枚如铜钱般大小的翠盖，没有风吹，它们一动不动，像在倾听冥冥之中某位睿智之人的教诲，又像集体在做禅修的功课。其俊秀妩媚的样子，一下子就让我喜欢上了，瞬间就认可了同事刚才说的铜钱草的修为，也想着自己要是拥有一盆铜钱草多好。大概同事猜透了我的心思，不等我说出来，马上就说，看得出来，你也是喜欢铜钱草的，回头送一瓶给你。我感激地谢过，内心里也就早早期待这一盆铜钱草的到来，而我一定会倾情于它、善待于它的。

　　其实，之前我曾拥有过一瓶铜钱草的。它是一位要去远方的朋友临走前送我的，我将它带回来，置于案前，在得空的时候对着它冥想，但总是没有所得，这或许是那时我浮躁、心乱的缘故。后来，有一段时间，由于工作很忙，加之又外出几天，以至于没给铜钱草及时加水，它就被干死了。

　　看到了枯死的铜钱草，我很难过，泪水也就潸潸而流。我知道铜钱草死前，一定很痛苦，也一定会做着挣扎，也一定是有着绝望的呼救。可是它的痛苦，我没有发现，它的呼救，我也没有听到，我罪孽深重，俨然是个刽子手了，我没有理由不去深深地忏悔。

　　不久，同事就送来一瓶铜钱草。我将办公桌腾挪出很大的一块空间，将铜钱草置放于空地的中间，这一放，立刻就显出了铜钱草的卓尔不凡。这瓶铜钱草只有七八株，是同事从其瓶里分出的，但就是这七八株，长在一半是土一半是水的透明玻璃瓶中，却恰到好处地点缀着我的办公桌，让本无生气的办公桌有了生命的律动。看着绿意盎然的铜钱草，我的心里也产生了一丝又一丝的脉动，这让我想到了此铜钱草之上也叠加了此前我拥有的铜钱草的灵魂。背负彼此的灵魂，深感我的责任重大，岂能让此前的悲剧再次上演？

眼前的铜钱草，并不拥挤，株与株之间缝隙很大，看它们的根部，有很多的绿点，这些应该都是将要崛起的铜钱草的萌芽。我知道，要不了多长时间，将会蓬勃成满满一瓶的铜钱草。而现有的七八株铜钱草，呈现的都是安静，一任世上风云如何变幻，它们都是心无旁骛。我也知道，铜钱草天天可以重复这种安静的样子，人与铜钱草不可比，不可能天天安静，也不能修为一株安静的铜钱草。人是天天要活动，也必须天天活动，有时重复，有时不重复。

然而好景不长，就在铜钱草大有蓬勃发展之势时，我因工作要在外奔波一星期，走前看瓶里还有水，就没加水。就是这一疏忽，差点又酿成了铜钱草的夭折。等到我回来时，铜钱草的茎秆因严重缺水萎缩了，一株株地都歪倒在瓶口，其顶上的翠盖已经变黄，看到惨状，似乎我听到了它们声嘶力竭的呼救。我有些不忍了，赶紧加水，期待着它们的复活。

及至第二天，一推开办公室的门，这些铜钱草就给了我惊喜，它们全都活过来了，生命的奇迹再次展现。而我不可能知道它们是怎样一点点复活的，那样的过程，我臆想，应该是风起云涌波澜壮阔的，应该是挣扎的生命战胜了死亡的威胁。一瞬间，想赞美它们，可是一时我竟找不到可以为之赞美的语言，我的内心只能滚涌起一种特别的尊崇。

有风从窗户里吹来，这些铜钱草纤弱的身子就微微地颤动着，像极了一群窈窕女子的舞蹈，而这样的颤动，传递着一种惹人怜的美感，拨弄着内心的琴弦，令人有一种说不出的快感。但风过后，它们又是集体的安静，仿若什么都没发生过，一切似乎都与它们无关。

现在，铜钱草在瓶里已经长密了，高高低低，错落有致。我不敢相信它变得如此蓬勃，而事实确实是，这不容否定。透过蓬勃，我发现了铜钱草天大的秘密，那就是在安静的背后，暗藏着并且孕育着其强大的生命动力。

安静的铜钱草，总是美好的，总是充满着象征。我修为不到如铜钱草一般的安静，但我从其身上得到了安静。面对铜钱草，它是安静的，我也是安静的。

书带草

天热，独坐在屋里看书。在一篇文章里读到"书带草其名极佳，苦不得见"这句话，觉得似曾相识，便去搜索，果不其然出自李渔的《闲情偶记》一书。此书已有多年没看，倒是所写的这句话有些记忆，但深刻不够。

其实，书带草我是知道的，它是一种常绿的植物，常被用来为园林假山、花台或者景观的补白，因之细密蓬勃、楚楚有致，能完全遮蔽泥土。我隔壁的楼前就有一大片，那是一个退休的老人为楼前的空场子补白的。

我天天都从楼前经过，经意或不经意都会看上几眼，这一看，让我获得绿色愉悦的同时，也让我有所收获。就明白，春天的书带草，先是从经过了严寒的深绿叶子之中抽出几条长长的浅绿新叶，然后老叶死去，新叶成为气候。到了夏天，其碧绿的叶子中，又会抽出一穗红紫色的花，摇曳在了草丛中。

秋天的时候，它的叶子随着节令变深了，有些垂暮的意味，但在无边落木萧萧的氛围里，仍然不缺诗意。等到冬天，它就是一片褐绿的景象了，如果有白雪覆盖，那白中的绿，绿中的白，无疑就是一幅绝美的图画。书带草四季所呈现的风姿，透露的自然是生命的过程，而大千世界，无一物不是啊！

又想看看书带草了，便不顾炎热，匆匆地下楼，还没走几步，就到了退休老人的门前。只是楼前空无一人，而楼房的门窗紧闭，只听到空调外挂的巨大轰鸣声。偶或听见的一两声嘶哑蝉鸣，配合着空调声，将燥热演绎到了极致。在这样的天气，书带草是没有能力和条件享受阴凉的，它只能屈服于阳光的暴力，苟且地活着。但这样活着，也是有着积极的意义，可以喻人。

与书带草紧邻的是五株月季，这个时候，四株月季的花都谢了，只有一株月季上还开有一朵红花，它与下面的书带草的绿恰到好处地配着，可谓万绿丛中一点红，呈现出了一种极美的意境。此外，书带草的一边，还有一棵棕榈树、一棵银杏树和两棵铁树，阳光被风吹着，从它们的缝隙里漏下来，与本就照在了碧绿书带草上的阳光会合，使得书带草一片灿烂。一阵夏风来，书带草起伏，阳光也在摇晃，似乎在一瞬间，有一种美从心头掠过，快慰着心情。

忽而想起书带草何以为名了。有资料说，古有一草，叶长为带，一个穷书生没钱置书，就以草叶为纸，抄录诗书经史，结之为书，将书命名为"草带书"，将草名为"书带草"。又有东汉的郑康成讲学著书时，常采集这种草编扎书，所以有"文墨涵濡，草木为之秀异"。如此草而为书

227

带，那么草就可爱，就有淡淡的书卷气，有冷冷的清质了。索性折了一根，把玩于手上，就有诗意溢于心头，思绪也就驰骋遐想开来。

自古至今，书带草因其带有文气，一直以来都受到文人青睐、诗人歌咏。读唐诗就可读到李白"书带留青草，琴堂幂素尘"的诗句，在宋诗里就可读到苏轼"庭下已生书带草，使君疑是郑康成"的咏句，明朝王世贞也有"仍栖故垒学庚桑，书带沿街薜荔墙"之句。中国古建筑大师、园林建筑大师陈从周先生对书带草最为钟情，他在《天意怜幽草》一书中说，书带草的适应性非常强，真是无处不宜。过去园林中用它来补白，来修正假山的缺陷、花径的平直。此外，还有很多大家对书带草的赞美，这正说明，书带草看似平常，却内里有着潜质，甚至于别的东西所没有的特质。

现在，面前的这一片书带草，我突地感到了它们的沉默下面，隐藏之中，也是有着呼吸，有着奔走的。只是它们不声张，它知道存在的意义和生命的方向。

但愿这一片的书带草，不因人为而被毁灭。因为它们的存在，至少在被钢筋水泥包裹之中，还让我们看到绿色、看到希望、看到方向。以后的日子里，我就以书带草为一本书，时常读一读，这样我一定会大受裨益。

书带草是这样的平凡而伟大啊！

水杉完成的初夏

　　我的单位，院落里栽有六棵高大的水杉，春来长出新叶，夏来枝繁叶茂，秋来落尽枯叶，冬来只剩光秃枝丫。单位的不少人都对此熟视无睹，甚至麻木了。一段时间内，我也是如此，寒来暑往中，见或不见，都一样。

　　在单位搬来之前，水杉就已在原先的单位存在多年，记得第一次随单位搬来，是在秋天，第一眼看到它们是一副被季节打败的样子。也看见风从树顶下来，无情地将一些残留的、发黄的针状叶子吹落，而它们在空中的飘飞，似在无声且不舍地告别这个世界。地上早就是厚厚的一层，踩上去挺松软的，有沙沙的声响。站在树底，仰头看去，它们稀疏的枝干，疏朗在高而远的天空下。再透过枝干，极目搜索天空，除了天上飘浮的几块白云，再也没有任何秋天以外的东西。

　　落下的针状叶子还有些硬度，它的叶尖甚至还有些戳人，它们不规则地覆盖着地面，影响了环境，看着令人不舒服。每天清扫的时候，听到有人说砍掉它们，就不存在这些了。也有人说留着吧，毕竟秋天里叶子的掉落是自然的常态，到来年春夏，它们还会蓬勃的，这比看见水杉后面的高楼要好，最终六棵水杉还是留了。每次进单位的大门，只要一抬头，就会看见它们高过前面一栋四层楼的如宝剑一般的尖尖顶。我在后面楼的五楼办公，出办公室或者从办公桌后抬起头，都会见到水杉尖顶下的部分，但我对它们并没有任何表示，可以说，是从内心里忽视了它们。而它们仿佛也忽视了我的存在，依旧我行我素地静默在时空中。

真正注意到它们，是在今年的春天。在一场春雨过后，从办公桌后抬起头，不经意地朝门外一瞥，竟然发现了它们枝干上葳蕤的绿色。再细看，竟都是些微小的嫩绿的叶子，被春雨一洗，闪着绿色的光亮。这使我的心情一下子亮堂了，以为它们都是绿莹莹的笑脸。柔和的春阳洒过来，又使笑脸妩媚了很多，尽管春阳在其上使颜色搭配不均，却一点也不影响效果。那一刻，觉得它们很美，有丰厚的内涵，有生命的张力，有不可言说的动力。忽然，我对它们有了感情，原来平时十分漠视的它们，却在不经意间，某一天某一个时分感受到它们张扬的生命，竟然深深地触动了我的灵魂。

我得时常去关注了，我怎能放弃这得之不易的美好事物？此后每一天，只要我进大门，我都会情不自禁地望一眼。进了办公室，都不会掩上门，都会在繁忙的公务间隙，时不时抽空走到走廊或者就在办公桌上望一眼。这一望，让我知道了六棵水杉的个体是不一样的，靠东边的一棵显然比其他的水杉要高，中间的一棵稍矮，其他几棵都差不多，但高矮不会影响到它们高过我所在的七层的办公楼。我还知道了它们悄无声息地在生长，看吧，一开始看见的微小叶子，不几日都伸出了细长的身子，而真到了蓬勃的时候，却不知道具体是哪一天了。

此刻，正是初夏，外面下着时断时续的雨，还有一些路过的风。天空昏暗，那六棵水杉的绿色，被雨水一洗礼，就显得特别醒目。望过去，那些蓬勃的绿色遮住了远方的天空，但我分明想到了绿色的背后，一定有诗和远方。风拂在上面，树身摇晃，无数的树叶也随之摇头晃脑，它们让我的心情好极了，以为它们都是在欢迎着谁呢。而树叶的晃动，也分离了一些空间，可以看见间隙里的天空亮色，但是不够充分。我知道，这是水杉细密的长长的叶子，深深地扎进了初夏的缘故，以后的日子它们还会在逐渐变热的日子里继续延伸。

在六棵水杉之上，不定时地还停留过一些鸟，具体它们什么时候来的，来了多少只，我根本没办法统计。有时我能看见，有时却不能看见，只能听见鸟叫。但看见或看不见，对我来说都不重要，重要的是六棵水杉存在，就有鸟存在，仿若天生的一种契约。而那些浓密的树叶遮蔽了鸟，虽比秋冬时看见它们艰难了很多，但我欣慰还有这样的地方，那才是鸟的理想所在。

单位处于闹市，远没有郊野环境优雅，初夏能在闹市声之外听鸟声，也不失为一种自我陶醉。想起某个初夏，曾在唐朝诗人李白到过的桃花潭边住过一个旅舍，名字就叫初夏。它远离闹市，面对桃花潭，背靠青山，屋后也有一棵水杉，初见就有好感，而一入住，听到水杉上的鸟声，就有了一种久违的亲切，便有了一种新婚般的喜悦。

而当鸟声随着初夏的阳光一起闯入半敞开的窗户，我的血脉里立即就有了激情，似乎所有的疲惫和困顿都在初夏的阳光和鸟声中消弭了。现在单位的六棵水杉，就有鸟，鸟声混杂，有几只我不知道，也无须知道。如同六棵水杉一样，它们存在，对我而言很重要，对六棵水杉，我有了感情，对鸟，我同样也有了感情。

办公楼临街，栽有梧桐树。头年的秋天，一律被剃了头，这下好了，街道不再遮天蔽日，显然亮堂了。初夏时分，它们也长了新枝，有了新叶，却也没高过二楼。要看它，我得走到窗前低头去看，它们虽然也是树木，看它们时，始终没有感觉，心里满是排斥，连自己都说不出理由。

风又起了，带有沙沙的声音，六棵水杉上也有了动静，它们相互依偎，晃动起身躯，似乎在以集体的力量抵御，但风还是从树叶的缝隙里穿过，悠然远去。但我的凡眼不如风，我看不到远处，那水杉的枝叶很密，仅有一些网格状的空隙，透过去只能看见一堵很白的墙壁和忽隐忽现的一扇窗户。能把自己的眼光打碎吗？然而，我究竟不如风。

临近黄昏，再一次望向六棵水杉，但见夕阳镀在其上，现出一种活泼灵动的光环。而微微的夏风吹过，光环之下的水杉的枝叶都在频频颔首，似心有灵犀，我的心啊，也仿佛正与精力充沛的它们，朝着蓬勃夏天的深处进发。

放飞，也是心中永远的痛

学校门前，你微笑着对我招招手，然后背一转，与一个推车刚到的同学，有说有笑地走进大门。望着越来越远的你的背影，我的视线也就模糊起来。

长到这么大，这是你第一次离家在校住宿，可以说这也是你走向独立的第一步。对于你来说，并不觉得什么，一切对你都是新鲜的、好奇的。宿舍里有许多好同学，你们可以在一起谈笑风生、恣意玩乐、惬意学习。

不知为什么，一直到我敲这些文字的时候，我的眼里都是你的影子，尽管你离开家还不到四个小时。在这四个小时里，我就没有停止过想你，这份想念令我心海涟漪不断。

到了吃晚饭的时间，我习惯地为你盛了一碗饭，而你母亲也习惯地给你拿了一双筷子。我们看着这一境地，彼此会意地相视一笑，不约而同地说出，还以为女儿在家呢。

黄昏，我走出户外，想让心中隐隐的挂念被大自然的柔风抚平。可是，这深秋的风似乎一点儿也不近人情。它像故意撩拨似的，又将我的思念勾起。无论我是迎风还是逆风，这些风都会清晰地将你的影子吹拂到我的面前。我试着收拢这样的风，可是无论我如何努力，却是剪不断，理还乱，别有一番滋味在心头。

有人说，时间是最好的消磨剂，它可以抹平一切。然而于我来说是否有效，我现在是不得而知。但有一点我知道，我的心中会始终为你留有那一份与生俱来的情感。你我血脉相通，叫我不想恐怕是不现实的啊！

人，总是要成长的。子女一味地依偎在父母的怀抱里，一遇风吹浪打，就会束手无策。这些都是有害于子女的，作为父母理应适时地放飞子女。放飞的时间以及方式方法可以有所不同，但必须坚决，切忌瞻前顾后、畏手畏脚。你给他一片天空，他会施展自己才华的；你给他一片阳光，他也会生根发芽的；你给他一根杠杆，他或许就能撬动地球的。

十几个春秋，我们朝夕相处，相知相亲，形影不离，可以说，我们都融进了彼此的生活中了。这一瞬间的短别，也真让我感慨。也好，从现在始，我学着放飞你，一点一点地，直至你不再让我牵肠挂肚、魂牵梦绕。你，终将会成长，要走入社会；我，也终将老去，看着你逐渐成熟。

外面的夜色迷蒙，路灯也亮起了。我推开窗户，看天空，天空上有几颗星星在闪烁。那一弯下弦月，淡淡地挂在半空中，似乎有一些心思要向世人诉说。而我现在望它，正好接住了它的心思。淡淡的思绪，淡淡的心境，何必等到月光如水的那个夜晚？

有几声巨响在空中回荡，我朝着那个方向望去，只见不远的空中，烟花璀璨。这盛世华章，又如何不让人心动？本来，看见这些美妙的景色，是一定会叫上你一起来欣赏的，可是，此刻在学校的你，能否感应到我现在的心思呢？

我不能想象了，情不自禁走入你的房间。零乱的书桌上，有你的气息；收拾得不完整的床上，有你的气息；那在全省器乐大赛获得的奖杯上，有你气息。总之，你的气息无处不在，它像一笼轻烟紧紧地包裹着我，令我无法自已。我触景生情，回味起过去的你，你和我，你和全家点点滴滴的生活。这些生活，像天地间无休止的雨水淹没了我，我则成了雨水中的一叶孤舟。还是离开房间吧，别让我这叶孤舟失去方向。

今夜，是你同我们不在一起的第一个夜晚，也是你独立的第一个夜晚，但愿你一切还是按照你固有的生活节奏走，不要想我们。如果，你能成功地度过这一夜，说明你是长大了、成熟了。今后，你的人生之路还很漫长，也许，以后的成功就是从今夜开始的。

我在试着放飞你，却在心里藏着隐隐的痛，因为你是我可爱的女儿。

垂　钓

　　眼前的水域浅了，裸露出半是泥泞半是干涸的湖滩，凌乱着一些物件，诸如黯黑色的石块、灰暗的贝壳、几根枯枝和缠绕其上的碎布条、几个废弃的饮料瓶、几条死去的鱼等。这些物象或躺在泥土上，或插在泥土中，先前都被水浸没着，为人所不知，待到水隐退，就在天光之下呈现了。

　　见了这些，我看不出一点它们之前的特质，以为是它们在岁月中的必然模样。所以，我除了几声唏嘘之外，再也不愿深思下去。然而目光最后本能地落到几条死鱼上，竟然发现几条鱼的眼，还在怒睁着，虽早已黯然失色，却仍透着一种愤懑。死鱼的嘴一律张着，断线的钓钩还扎在嘴里，显然是活着的欲望，使它们挣断了渔线，可最终还是死了。淡淡的天光映着这些物象，我没有看见一丝的波纹，只有水面的波光，亮花了我的眼。

　　这是初冬的某一日，难得的闲暇，我与友人一起在一个湖边，友人在垂钓，我则在岸边观望。友人的钓竿许久没有动静，看得我厌烦，便环湖而看。此湖很大，之前并没来过，名字也不知叫什么。湖分为外湖和内湖，有一条长堤隔着，堤是土堤，上面树木杂乱、野草枯黄，其落寞的态势，与季节十分契合。外湖水面宽阔，有雾弥漫，水天相融，藏掖起一些秘密。内湖的水面日渐消瘦，有的地方甚至露出了一些曾经的田块，这该是过去围湖造田的结果。面对它，我深吸一口气，一些经久的况味就入了肺腑，随后又慢慢洇染了思绪。它在体内升腾、盘旋、侵略，使我昏眩，让我不知道这里收获过多少喜悦，也不知道经受过多少灾难。再定睛一看，眼前晃荡着的一湖碧水，才让我明白，如今这里终又属于水了。

这也印证了事物的反复，也让我在这个日子，在湖边，面对一湖波澜不惊的湖水，有着异乎寻常的平静。再所思下，也就以为，我远离了居住的小城，脱离于尘嚣之外，得到一时的解脱，便什么也不去想，什么也不去做了。觉得自己仿佛变成了湖边的一尾鱼，自由地游弋在水域之中，什么诱惑，什么欲望，什么名利，什么富贵，统统都抛在了九霄云外。此时，假若有一些饵料，我也不会受诱惑，自然就不会上钩。然而，我不能久待湖边，待会儿还得回去，生活里那些无形的和有形的饵料，也马上会纷至沓来，我还是会如一条鱼般上钩的，这是不能改变的本性。

此刻，友人还是没钓到鱼，仍然手握钓竿一动不动地站在湖边，细长的渔线抛在不远的湖水里，黄色的鱼漂随着水波的漾动而漾动。友人这般不急不躁，俨然是一副坦然的姿态。我又走回友人身边，深叹一口气说，待到何时能起鱼？友人见我不耐烦，微笑着对我说，钓鱼不能心急，钓的就是心态。此湖微生物多，鱼类食物丰富，一般的饵料，鱼不大可能贪吃的。我等的是那些好奇或者图新鲜的鱼，它们不安分守己，总是在躁动着，时机一到，自然会上钩。友人不紧不慢地说着颇具哲理的话，颇有姜太公钓鱼愿者上钩的意味，我听得云里雾里，似懂非懂，便不再与之理论，就去看远处的鱼漂。

有一缕轻微的风吹过湖面，湖水的波浪大了些，黄色的鱼漂贴着白色的波浪在其上晃荡，一起一伏也有意趣，看着，心就有些微动。而水里的鱼，看见这般的鱼漂，又想些什么呢？平日里，鱼是不曾见到这新鲜东西的，现在它浮在水波之上，不仅是一个诱饵，也是一个美丽的陷阱。随后，就见到波浪之中，涌来了黑压压的一团东西，那便是好奇的鱼了。它们围着黄色的鱼，在快乐地来回游动，鱼漂也因它们的动静而颤动。不再去看了，我怕我的看，影响了鱼的心情。我也担心，有那么几条鱼，把持不住自己，对水下的鱼饵来上一口。我的担心还没收住，还真有鱼一不小心就上钩了。

只见那湖水中的鱼漂猛地一沉，友人握杆的手接着也猛地一动，嘴上立即愉快地大喊，有了。于是，友人拽着钓竿，将上钩的鱼往岸边拖，与鱼经过几回合搏斗，鱼终于妥协了，被拖上了岸。友人将钓钩从鱼嘴里取下，又上鱼饵去了。离水的鱼，在岸上扭曲着身子上下乱跳想回到水里，但是已经不可能了，尽管水就在眼皮底下，却是关山难越，一去不复返了。

　　我不为友人钓到鱼而喜，而为被钓上来的鱼感到了悲哀，因为它将会死去，将成为我们接下来盘中的美味。待会儿我们食它，是很正常的事，也就不会去探究它之所以成为美味的原因。但此时，看着活蹦乱跳的鱼，我还在想，这鱼贪吃鱼饵的时候，想没想到后果？可是，我不懂鱼的语言。也是，在纷繁复杂的人类社会，我们的生存环境，存在着无数的诱惑，时不时会有诱人的饵料撒在生活中，或明显，或隐蔽，我们如鱼一样上钩，上钩，这一切皆是定式，皆是常态，人能避免得了？

　　鱼一条条被友人钓上了岸，一一放在了鱼篓里，它们在里面跳动着，显然还是想逃出一条活路。可又有什么用呢？鱼一上钩，注定就被捕捉，就会成为盘中物，这是必然的结果。而作为人，生活里也会频繁上钩，上的都是什么钩呢？

　　上钩，上钩，不仅仅是鱼，也可以延及其他一切事物啊！

每天一万步

人到中年，世事看淡，功名利禄已不奢求，倒是把对身体的关切提升到了重要位置。由于体能日渐衰微，进行剧烈的运动已不切实际，散步无疑是最好的选择。

记不清是冬日的哪一天，从医院拿到体检单，看见很多指标的箭头朝上，不禁眉头一皱，自嘲对锻炼身体的无动于衷终于有了成果，当时就痛下了每天一定要去散步的决心。

第二天清晨，冒着寒冷，我毅然付诸了行动，沿着马路慢步或者快步地走了一个小时，直到全身发汗。那一天，具体走了多少步不太清楚，但我觉得那天我的精气神提升了，做任何事都很轻松。看来散步的效果显著，这也促使我下了一定要坚持的决心。连着几天的锻炼，我由最初的疲倦渐渐地达到了适应，这是自然中的必然。然而，那几天究竟走了多少千米，具体到多少步数我始终没有数，无形中就成了我的念想。

还好，去掉念想的时机来得太快。这天临下班时，同事来我办公室，无意听见他的手机发出了"你已经跑步一千米了……"的声音，忙问何物。同事告诉我是一款叫"咕咚"的计时软件，可以记录步数、公里、时长、路线图、消耗的卡路里和上传在微信里分享等。随即我下载了"咕咚"，并试着走了几下，果真记录下了步数。而有了"咕咚"，就让我有了目标，我立即定下了每天一万步的计划，这也是基于健康专家的建议和自身的状况而定的。自此，不论风霜雨雪，冷暖晴热，每天一万步成了我的必修课。

为着每天走路，我舍弃了跟随我多年的摩托车，上下班或者在三千米范围内的应酬和办事，都是开着"咕咚"以步当车地行走。这样每天累计下来行走的里程都在十四千米左右，按步数则是一万步左右，平均每千米八百多步。

坚持了一段时间后，我对"咕咚"有了好感，它让我知道了我运动的轨迹，也让我知晓要适度地控制运动量。我每天开着它，听它到整千米时的报时声，由衷地会感到一种亲切。有时听着，我会突发奇想地与自己每千米的时速做着一番挑战，渐渐地我提高了自己一千米的时速和三千米的时速，等到都突破后，我又向五千米的时速挑战，几回下来，它也被突破了。而这些都是尝试的行为，并不是我运动的目的，我的任务还是在每天一万步。

每天一万步，看起来简单，做起来却很难。有时不可预料的下雪、下雨、刮风和其他事情，都会或多或少地影响走步。但我自有妙招化解，下雪和下雨时，我会打着伞或找一个廊檐反复地行走；若刮风时，我会选择一个背风的地方行走；到外地出差，我会起个早，在别人还在睡觉时，沿着宾馆周边行走；感冒了，也会在家里兜着圈子将一万步走完……如此不间断，我的身体健康状况比过去大有提高，去医院一复检，各项指标全都下来了。医生很惊奇，我却不惊奇，因为我知道，这就是散步的妙处。

用了"咕咚"后，每天到晚上十点我都会看下微信里"咕咚"的排行榜，这里面有诸多好友一天的战果。看到有些人每天都是两万多步，占据着排行榜的头几名，我则有些怀疑，因为我知道，有些人天天坐办公桌，没看见他运动。可怀疑归怀疑，但我始终找不出原因。

有一天在散步的路上，接到一个要我去参加一项工作的电话，时间紧急，走去不可能了，便招了一辆出租车。然而，上车我却忘了关"咕咚"，任凭它随车一起计步。直到它发出"你已经走了几千米，用时几分几秒"的声音后，我才察觉，便关了它。这一次的意外让我醍醐灌顶，有些人我是看见他每天都骑电瓶车上下班，开了"咕咚"的话，也是被计入步数的。

可我不会去效仿，这样的沽名钓誉，图的是自己一时占据排行榜头几名的快感，满足的是自己爱慕虚荣的心，于自己的身体能有多大的好处？而我甘愿居于排行榜的中游，不会为着占据排行榜的头几名而去有此行为，每天我都会完成一万步的任务，这样我会心安理得，因为这些都是我的真实成绩，它让我收获了身体的愉悦和精神的快感。

每天一万步，考验的是一个人的修为，也是一个人的恒心。我曾看过一篇文章，上面写着，只要每天坚持行走，就一定会有意想不到的结果。而这样的结果，没有行走的人无论如何是体味不了的。而我天天坚持了，每一天都在享受着行走带来的妙处。

　　以后的以后，我仍将继续我的每天一万步。

贝壳和芦秆

在湖边我看见了许多贝壳和一些芦秆，它们干瘪的躯体，没落在了湖岸的滩涂上。湖水因季节退远了，就有大片的滩涂现出，上有许多零乱的杂物。其中最多的是松软泥土中，掩埋的和半掩埋的贝壳，泥土上，散落的大大小小的且颜色深浅不一的贝壳，稍不留意，脚步就会踩着，伴随着"咔嚓咔嚓"之声，那贝壳瞬间就被踩碎，或者伴随着"吱吱"之声陷入泥土。

贝壳的命运，似乎是上天注定，对于我，看起来并不伤感。所以，走在松软的泥土上，那些被我踩入泥土的或者踩碎的贝壳有很多，我竟熟视无睹，任凭"吱吱"声和"咔嚓"声，一声响过一声。

走了好久，我才在一些枯萎的芦苇前停住。但没见到芦苇上的芦花，只看到孤独且日渐衰败的秸秆，它们的存在，仍在证明着自己曾经来过这世上。

芦秆的周围还有些不随季节而衰微的草，它们仍在顽强地生长，尽管有些稀疏、有些憔悴、有些孤独，但都还鲜活地和芦秆同在，风吹草动，就疑是草的语言，是在与芦秆对话。而芦秆无言，草的动静也就无可奈何地滑过，等到风息，一切又归于安静。

这些稀疏草的周围，也散落有很多无规则呈现的贝壳，它们或大或小，或张或合，姿态有着明显的不同。众多贝壳当中，我独对两个贝壳发生着感情。这两个贝壳是一样大，一个贝壳厚些，一个贝壳薄些，初见到，就以为是一对儿。一个贝壳侧卧着，一面张开着的贝壳似乎拼命地想合拢，另一面贝壳一大半被泥土遮掩，还有几星草，也欣然地在里面安营扎寨。

再一个贝壳，背向着它大约几米远，其两个贝壳的面，朝天张着，像咧着一张大大的嘴，歇斯底里地想呼唤什么归来。两个贝壳都是生命静止的物象，再也看不到它们鲜活生命时的相互爱恋和为生命的奔跑了，面对没有了肉体，没有了灵魂的贝的尸骨，我叹息，我遗憾，我不能明白它们是寿终正寝的，还是被别的生物吃掉的。不过，物竞天择，适者生存，自然法则无论谁都逃脱不过。

又有风来，吹动了芦秆，也吹起了一些沙土，芦秆动了动，响起几声绝望的哀号。但这两个贝壳却不同，本就积厚的沙土上又被覆盖了一层，这让我知道，日积月累下去，两个贝壳以及所有的贝壳一定会被沙土掩埋，以自然的方式安息于泥土。我是不会看见了，而即将到来的季节，湖水上涨，贝壳和芦秆所在的滩涂，也会被湖水淹没，那些裹挟而来的泥沙也会沉淀下去，一点点地吞噬它们的尸骨，把它们掩埋。这不能算是悲剧，我也无须悲悯，从贝壳、芦苇的躯壳上，我该做的是体察生命本来的意义。

我给贝壳和芦秆拍了照，我要把它们在我记忆里复活，在我疲惫的时候，拿出来看一看。如此，我这次滩涂的行走，就不觉得是多余的，以后，我还会行走更多的地方，那里总是有我得知的东西、觉悟的东西，总有自然中一些微小的物象，直抵我内心。

枯树之门

　　我的眼前浮现出湖边看见的一棵枯树，它失去了灵魂，只剩干瘪的躯体，没落在了湖岸的滩涂上。

　　季节的缘故，湖岸离湖水远了，大片的滩涂裸露出来，那污黑的泥土上，凌乱着诸多的杂物。风吹过，阳光照过，脚踩在上面，松软而结实，我自然就有了一种陷落，但接着就有一种莫名而来的眩晕，弄得我有些诚惶诚恐，不知所终。

　　那天我不知走了多久，才在泥土上一棵倒下且枯死的树前停住。树并不是棵老树，树干也不粗，大约死前正值树的壮年。看它丰厚的根部早已被水冲刷，露出密密的根须，每个根须上都还沾着泥土，这是树根对大地的眷恋，还是大地对根的不舍，抑或是树的死不瞑目？我无须深究这些，再看一看树身，树皮早就脱尽，树身黑白混杂，折射出岁月的无情、世道的沧桑。而这枯树倒下的造型很独特，既有异乎寻常的意象，又有太过平常的事理。

　　先看它离根一米的枝干，不知何力使它突然弯曲，其长长的树干，又在离树梢一米的地方再次弯曲，最后树梢扎进了泥土，这样就自然地形成了一个门形。我过去，必得躬身。然而不知为何，我没躬身而过，而是绕门形的枯树转了一圈。这一转，我就看见了有个蛛网结在与根相连的地方，它结得实在隐蔽和狡猾，不转还真的发现不了。顺着蛛网，我还发现了躲在一个根须下的一只黑色的小蜘蛛，它虽一动不动，却是在伺机而动。我知道，在这滩涂之上，昆虫时而出没，终究会有猎物撞网的，只不过是时间问题。这张蛛网，应该可以网住蜘蛛的全部生活。由此推及，我们生活的世界，也存在着无穷的有形网和无形网，它们都在网着我们的全部生活。

枯树倒下造就的门形，是自然的、原始的，不矫揉造作，不仰慕浮华，有着干净、清贫和清爽的特质，我给它命名为枯树之门。也是从这时候起，就以为这门我虽不能将它搬走，但它已经扎根于我的心，成为我一个人独有的了。那会儿我就以枯树之门为取景框，认知一些我需要的东西，阅尽一些在我看来是风景的风景。

从它的一面看湖，湖面广阔，烟波浩渺，却不能望远。看另一面，则是山，层叠的树木，遮掩着一些沟壑的神秘和一些生灵的身影。一条小河从树木的深处流出奔湖而来，清澈的河水，辉映着地理天光和世道人心。一只渔盆停泊在河岸边，像一个哲人，在静听潺潺而流的河水，而一行并不新鲜的脚印，却在岸上的沙地往上而去，最终消失在树木之中。

当然，枯树之门所在的滩涂上，不是只有一棵枯树，而是还有一些植物。离枯树不远，就有一些枯萎的芦苇，但芦花早就飘逝了，只剩下孤独且日渐衰败的秸秆，仍在证明着自己过去的存在。另外还有些不随季节而衰微的草，它们仍然都在顽强地生长，尽管有些稀疏，有些憔悴，有些孤独。但都还鲜活地与这棵枯树和芦秆同在，风吹草动，就疑是草的语言，是在与枯树和芦秆对话。而枯树无言，芦秆无言，草的动静也就无可奈何地滑过，等到风息，一切又归于安静……